遠野物語 remix

柳田國男
京極夏彦

目次

導讀

將過去傳述到未來

◎作家　盛浩偉

也是數年前的事情了。二〇二〇年春，武漢肺炎開始在全世界肆虐，日本各地也開始出現確診病例。但自從第一例與後續確診陸續出現之後，全日本唯有一縣的感染者數在三個月內一直保持著「零」，那就是位於東北的岩手縣。一些公衛學者因此開始思考岩手縣何以能夠長時間保持零確診，也認真做了各種假設與調查，試圖從中找出防疫之道。詳細的結論在此就先略過，只是，如果是問縣內一般人這個問題，得到的直觀回答大約都是：「因為這裡的人口密度太低了吧。」——這算是現在一般人對此處的印象了。

在日本四十七個都道府縣裡，岩手縣是面積第二大的縣，僅次於北海道；而且，這「第二大」的面積，實際上比東京都、琦玉縣、千葉縣、神奈川縣這四處的加總還要大。然而，當地的人口卻僅約一百二十萬，只有東京的十一分之一，故而人口密度也是全日本第二低，同樣僅次於北海道。地廣人稀之處，開發往往較少，於是在輿情調查當中，一旦說到「鄉下」人們會聯想到的地方，岩手縣經常名列前幾位。

事實上，整個東北地方的情況都是類似的。在今日，日本的東北是指關東地區以北、北海道以南的地方，具體來說是福島、宮城、山形、岩手、秋田、青森這六個縣；然而自鎌倉時代以降一直到明治，也就是約自一一八五年至一八六八年的六百八十餘年間，此處則是陸奧國（不含山形與一部分的秋田），或者又稱奧州。但不管哪個稱呼，一如「奧」字所示，都意味著後方、內裡；而偏僻、幽遠、位於群山深處，也也正是長久以來人們（尤其是從京都或之後江戶等發達都市的角度而言）對這塊土地的印象。

其中，又尤以位在岩手縣裡的遠野更讓人有這種強烈的聯想，甚至有人說：遠野是日本人永遠的故鄉。之所以會如此，很大一部分得要歸功於柳田國男與《遠野物語》。

柳田國男（一八七五—一九六二）是日本的民俗學之父。他出生於明治初期，在維新後的西洋化風潮中成長，自東京帝國大學畢業之後，便進入明治政府的農商務省擔任高等文官，也因此行遍日本各地鄉村。他常常趁著到出差演講的機會接觸當地文化，見識到傳統民間生活的樣貌。而那個時候，他在友人介紹之下認識了一位出身岩手縣的新人作家佐佐木善喜（筆名為鏡石）。柳田與佐佐木相談數次，過程中聽聞許多岩手縣的民間故事、鄉野傳奇，還有關於山男、河童、座敷童子等妖怪的怪談。柳田深感興趣，遂將這些故事全部筆記起來，更實地至遠野進行考察。

一如前述，如今遠野給人的印象只是地廣人稀的鄉下地方，但在過去，遠野卻曾經是陸奧／奧州的交通與商業要地，也難怪在明治與大正之交、柳田國男造訪之際，會說遠野「極盡繁華，一點都不像地處深山」、「是偏遠的山村，卻也是繁榮的城下町」；換言之，這裡既非荒遠如異界那樣令人陌生，卻又在時代進步巨輪的碾壓下保全了往昔時光的痕跡，於是這些故事聽來，才會讓人一方面奇異，一方面又有一絲絲熟悉。柳田國男此行，目的在考察具體的地名、人名、數據，將佐佐木告訴他的故事補充得更加完整，最終遂成就了《遠野物語》，並在出版後引起廣大迴響。

在這之後，柳田開啟了日本民俗學這塊新興的研究領域。他認為要從考察微小的事實出發，尤其強調親身造訪當地進行田野調查，並關注地方的歷史與語言，希望能藉此更加理解那些過往未被紀錄的傳統庶民生活。《遠野物語》（另外還有《後狩詞記》、《石神問答》兩書）便成為了日本民俗學黎明期的基石，被奉為經典著作，享有盛名。

然而，隨著時間更迭，境況也有所改變。在那個時代，人人心向西洋現代化，於是這些傳統、老舊，且非官方的庶民事物並不受到重視，也幾乎沒有知識分子會特地將之化為文字進行保存，所以《遠野物語》在當時堪為創舉；不過，對於現在的我們而言，訪談、口述歷史、民間故事記錄等等早已並不稀奇。而柳田國男記下這些內容的出發點，也更偏向知識、學術方面，講求一定的客觀事實基礎，所以書裡用的是較為正式、簡潔的古典文體，內文的編排基本上也按照柳田與佐佐木兩人相談的順序；但是，對當代的讀者來說，無論是冷硬的古語或學術體例，又或是散落的故事內容，都多多少少讓人卻步。

正因如此，小說家京極夏彥才「再創作」出了這本《遠野物語 remix》。他將《遠野物語》譯為更為柔軟、當代更易理解的語言，並加以補充，也改動了內文順序，比如把山男、山女相關的故事放在一起，讓這些本來是當地各戶人家所述的見聞經歷，讀起來更像是單元式的、圍繞著某一種妖怪的怪談集錦，強化了文學的面向，降低了當代人對此書的隔閡。

同時，京極夏彥也深知柳田國男原初的精神。在原著中，柳田國男的序文以「本書故事，全來自遠野人佐佐木鏡石先生之講述」開始，並以「願廣述其事，令平地人戰慄」（願はくは之を語りて平地人を戦慄せしめよ）這句知名話語作結；而京極夏彥的序文則完全仿照柳田國男的行文邏輯加以改寫，並以同樣的話作結。光是閱讀至此，便彷彿是兩位作者的形象超越時代疊合在一起，同時也與那些傳誦民話的眾口疊合著，將這些遙遠的過去，持續傳述到遙遠的未來。

明治時代的遠野鄉
閉伊川
津軽石村
十二神山
重茂村
高滝森
豊間根村
大沢村
金沢川
山田町
山田湾
新田
金沢村
白見山
立丸峠
小槌川
船越村
山落場沢
織笠村
大槌川
貞任山
船越湾
初神
赤柴
古里
和山峠
橋野川
橋野
立石山
大槌町
中村
早栃
太田林
太田
栗橋村
笛吹峠
大槌湾
仙磐山
片羽山
鵜住居村
釜石鉱山
白水温泉
仙人峠
甲子村
釜石町
釜石街道
太平洋
釜石鉱山線
釜石湾
甲子川
五葉山

門馬村
早池峰山
タイマグラ
内川目村
薬師岳
陸中
小国村
早池峰神社
矢水峠
附馬牛村
猿ヶ石川
外川目村
中斎
宿
西内
東禅寺
石羽根
大萩
鍋割
晴山
妻ノ神
達曾部村
上淵村
宮守村
石上山
矢崎
栃内
松崎村
駒木
下栃内
和野
塚沢
綾織村
似田貝
足洗川
土淵本宿
水内
柏崎
野崎
火石
丸古立
田尻
山口
小峠
金ヶ沢
山口
続石
砂子沢
宮ノ目
大久保
飯豐
鱒沢村
飛鳥田
善応寺
二日町
岩手軽鉄
遠野町
早瀬川
青笹村
糠前
六角牛
猿ヶ石
小友峠
中沢
瀬内
物見山
羽場
馬木内
板沢
猫川
佐比内
大師田
来内
切掛
上郷村
細越
夫婦岩
小友村
N
荒谷
陸前
0
5km

現在的遠野地區
JR山田線
宮古駅へ
宮古駅へ
十二神山
高滝森
45
浜街道
山田町
山田湾
陸中山田駅
白見山
26
宮古駅～釜石駅間
運休中
琴畑川
大槌町
大槌川
JR山田線
貞任山
船越湾
小槌川
橋野川
立石山
大槌駅
大槌湾
笛吹峠
片羽山雄岳
仙磐山
太平洋
仙人トンネル
陸中大橋駅
釜石市
釜石駅
JR釜石線
283
甲子川
釜石湾
上有住駅
三陸鉄道南リアス線
平田駅
新仙人トンネル
249
45
愛染山
五葉山
唐丹駅
陸前高田へ

43
盛岡市
盛岡駅へ
宮古市
早池峰山
25
薬師岳
43
岩手県
大野平
大出
早池峯神社
花巻市
荒川高原
附馬牛
猿ヶ石
恩徳
涌水
白石
和野
小烏瀬川
160
大洞
沢ノ口
桑原
新田
396
湯屋
達曽部
遠野市
西内
340
160
駒木
一ノ渡
火石沢
上宮守
石上山
福泉寺
野崎
久保
海上
岩根橋駅
161
西ノ萩
遠野街道
宮代
松崎
常堅寺
宮守駅
宮守
蓬畑
光興寺
白岩
土淵
178
283
聖
綾織駅
新里
遠野駅
五日市
JR釜石線
岩手二日町駅
早瀬川
河内川
柳堂
長岡
田瀬湖
迷岡
神子
猿ヶ石
綾織
晴山
青笹
六角牛山
柏木平駅
荒谷前駅
新田
青笹駅
107
283
鱒沢駅
柴橋
鷹鳥屋
上郷
猫川
蛇野
釜石自動車道
水口
川口
寺田
長洞
岩手上郷駅
宇南田
鮎貝
高木
糠森峠
小黒沢
細越
桑畑
足ヶ瀬駅
27
大田
山谷
鬼原
来内
岩崎
釜石街道
平笹
横懸
北上市
妻ノ神
長野川
平倉駅
仙人峠道路
N
外山
一ノ倉
小友
340
238
滝観洞トンネル
長野
107
荷沢
世田米街道
種山高原
5km
物見山
住田町
陸前高田へ

遠野物語 remix

opening

remix 序

◎京極夏彥

本書故事，全來自成城人柳田國男先生所著之《遠野物語》。這部名著完成於明治四十三年，百年以來，不斷為人所誦讀。柳田先生雖非文學家，卻是位以懿文聞名的碩學之士。為了避免損及其端麗的文字所喚起之感動，我亦不任意刪減字句，有時補充，有時意譯，並更動順序，雖文筆拙劣，但仍努力傳達出所感。這部傳述遠野鄉的故事，即便歷經百年歲月，仍無半點褪色。正因為處在這個時代，我期盼有更多人讀到它。願廣述其事，令平地人戰慄。

- 本文構成，已將柳田國男對原典的部分注釋融入其中。
- 文首編號為原典中的編號（刊載順序）。
- 相當於原典〈序〉的文章分開刊登，故個別編碼。
- 地名的用字和讀音有些異於實際，以原典為準。

遠野物語 remix

A part

序（一）

以下內容，全是遠野人佐佐木鏡石告訴我的。

從去年——

明治四十二年二月左右開始，我（柳田）便陸續聽他述說。

他在夜晚時分來訪，訥訥講述。

我決定將他說的內容逐一記錄下來。

佐佐木雖拙於言詞，但為人赤誠，每一則故事，都極為詳實地告訴我。

為了重現那誠樸的語氣，記錄時我也細心斟酌每字每句，盡可能不妄加解釋，或任意判斷多餘而省略。因為我想將聽到他的故事時的自身所感，原原本本地傳達給更多的人。

一

他的故鄉叫遠野。

遙遠的荒野，遠野。

不清楚是距離哪裡遙遠、又有多遠。

不，遠野一詞原本是阿伊努[1]話。據說遠野（tono）的「to」是湖泊之意，因此遠野無庸置疑，應是借漢字表音而已。

但我認為「tono」這個讀音即使只有音韻，也勾起了聽者心中的一種鄉愁。近在眼前卻尋訪不得、看得見卻搆不著，是這樣的虛渺。即便如此，仍激發出想要前往一訪、想要冀求的衝動，是這樣的愛戀。記得一清二楚，卻總有些模糊，就彷彿兒時的記憶。我覺得這個地名，就帶著這樣的懷念。

1 阿伊努：居住於日本北海道、樺太、千島列島及堪察加半島等地的原住民族。古時大和民族稱其為蝦夷。亦有學者認為古時東北等地方人民，人種為阿伊努人，而文化上為大和民族。

但遠野鄉並非漂浮在記憶海上的幻影。

他的故鄉就在陸中[2]。此地在古時稱為遠野保。

人們現在也居住在那裡，安身立命。

町村制實施以後，遠野保重新命名為上閉伊郡。它的西半邊，有段時期被稱為西閉伊郡的地區，正是他的故鄉——遠野鄉。

據說那裡是一塊險峻高山重重圍繞的平地，即所謂的盆地。

遠野鄉由十個村子，土淵、附馬牛、松崎、青笹、上鄉、小友、綾織、鱒澤、宮守、達曾部，還有遠野町所構成。

郡公所所在的遠野町，是山村中的驛站，名副其實，為遠野鄉一帶的中心，熱鬧繁榮。

位於城鎮南方的鍋倉山，古時有一座山城。

它名為鍋倉城，也叫遠野城、橫田城。

這座城是中世時期極盡隆盛的豪族——阿曾沼氏的居城。

據說阿曾沼氏因為征伐奧州[3]有功，獲鎌倉幕府賞賜遠野保一地，首先在松崎村附近建立起根據地。這座最早的城就叫作橫田城。後來阿曾沼氏以鍋倉山的丘陵為城域，利用其豐富的水系作為天然護城河，築起鍋倉城。

它的別名橫田城，似乎就是來自於最早的城名。

但遠野阿曾沼氏的榮華並不長久。天正[4]年間，阿曾沼氏歸順南部氏，又為了爭奪城池，一族內訌，到了慶長[5]年間，血脈也斷絕了。

結果遠野鄉改由阿曾沼氏的主家南部氏統治，城池也落入南部家管轄，寬永[6]時期，南部直義從八戶遷入此城。自此之後，鍋倉的城池於名於實都成了遠野南部家的堡壘，遠野鄉也成為遠野南部家一萬二千五百石[7]的城下町[8]。

現在似乎只剩下城跡，不過南部家對遠野鄉的統治一直持續到明治維新。

遠野並非單純的荒僻山村。

---

2 陸中：日本舊時行政地區。在一八六八年從陸奧劃分出來，相當於現今岩手縣的大部分及秋田縣的一部分。

3 奧州：陸奧國的別名，包括陸前、陸中、陸奧、磐城、岩代，約相當於現今的東北地方，青森、岩手、宮城、福島縣全域，以及部分秋田縣。

4 天正：安土桃山時代的年號，一五七三年至一五九二年。

5 慶長：江戶時代的年號，一五九六年至一六一五年。

6 寬永：江戶時代的年號，一六二四年至一六四四年。

7 石：米糧收穫量的單位，一石約為一〇八公升。

8 城下町：以封建領主的城池為中心發展開來的城鎮。

它是個城下町。

換言之，遠野在進入明治以前，都是仙台藩與南部藩交界上的行政都市，也是商業都市。這也意味著遠野是奧州的商業交易要衝。

當然，它並非難以往來的險地。

距離東京確實不算近，也不易前往，但絕非鳥不生蛋的窮鄉僻壤，只是無法直接搭火車前往而已。

火車可以坐到岩手。

在花卷車站下車，然後從北上川坐船。

北上川有條支流叫猿石川，沿著這支流往東前進。

溯河朝山的方向行約十三里[9]，就能看到遠野的城鎮。

行程不算輕鬆，但會覺得困難重重，應該是現代人的感覺。

在過去，是連火車都沒有的。

不過，猿石川沿岸充滿了豐饒的自然景觀。循著這樣的路線，不斷地往山林深入，旅人應該都會認為終點處必定是處深山幽谷。

然而並非如此。

初次造訪的人，應該都會大為驚異。
因為遠野町極盡繁華，一點都不像地處深山。
儘管如此，周圍卻又是險阻重重的高山。或許可以說，那景象就有點像是山中異界。
是偏遠的山村，卻也是繁榮的城下町。
遠野這處地方，可說風土極為特異。
傳說中，遠野鄉一帶在遠古是一座湖泊。
整座盆地盈滿了湖水。
而累積在盆地的水，某個時候因為某些理由流出了村落。
水位下降，接著露出湖底，不知不覺間，有人開始定居此處，自然形成了聚落。
流出來的水在大地匯聚成線，成為猿石川。因此遠野周圍的山澗，大部分都匯流到猿石川裡。
俗說遠野有「七內八崎」。確實，從櫪內開始，有七個帶「內」字的地名，還有柏崎等八個帶「崎」字的地名。奧州一帶的地名也常見「內」字，其實內指的便是湖澤、山谷。而

9　里：一里約為三・六至四・二公里。

「崎」則是伸出湖泊的半島。

換句話說，這些名稱，是遠野鄉曾是湖泊時期的遺緒，也是人居之前的土地記憶，以地名的形式保留了下來。

遠野就是這樣一個地方。

二四

遠野的各個村落，有許多世家望族。

人們稱其為「大同」，是所謂的家號。

至於為何這麼稱呼，據說是因為這些人家是在大同[10]元年從甲斐國[11]遷移而來的。

但是說到大同年間，那是極久遠的古時。是坂上田村麿[12]征伐蝦夷[13]的時代。

另外，甲斐國是遠野的領主南部家的本國。即使有人從那裡遷居過來，也是很自然的事。或許是田村將軍的東征，與南部家統治這兩個傳說不知不覺間融合在一起了。

此外，東北地方把「一族」稱為「洞」。也許「大同」其實是「大洞」之意。總而言之，從遙遠的古時就有如此稱呼的習慣了。

---

10 大同：平安時代的年號，八〇六年至八一〇年。

11 甲斐國：日本舊行政區，為現今山梨縣全域。也稱甲州。

12 坂上田村麿（七五八—八一一）：也寫作坂上田村麻呂，平安時代的武官。曾任征夷大將軍，三度遠征東北。

13 蝦夷：日本古代稱北關東至東北、北海道地區，反抗朝廷支配的居民為蝦夷。包括原住民阿伊努人。

二五

大同的祖先是何時遷到遠野這裡的，已不可考。不過據傳他們初次踏上此地時，正值歲末時期。

他們卸下行囊的時候，年關也迫在眉睫了。

無法好整以暇地準備過年。為了迎春慶賀，他們想起碼張羅一下過年擺飾，但還在立門松[14]的時候，元旦已經到了。

只來得及立好一邊的門松。

因此這些人家將其視為吉祥的古例，現在也只擺放一邊的門松。而另一個門松則伏倒在地，直接就這樣繫上注連繩[15]。

14　門松：日本習慣，在新年期間，會在家門兩側擺上松製或竹製的飾品。據信神靈會寄宿在樹梢，有迎神之意在裡面。

15　注連繩：神道教中，用來區隔神域與外界的繩索。過年期間，一般人家的門口也會繫上注連繩。

六五

早池峰山出產花崗岩。

這座山面小國村的一側，有一塊岩石叫「安倍城」。安倍城這個名稱來自於安倍貞任[16]，他是平安時期的武將，於前九年之役[17]戰死在廚川柵。不過，那裡看起來不像有過城池。

那是一塊位在陡峭懸崖中間處的大岩石，人實在不可能爬得上去。但這塊岩石並非普通的大石頭，而是一座山洞，傳說安倍貞任的母親現在依然住在裡面。

據傳，小雨淅瀝的傍晚等時刻，會傳來洞窟門鎖上的聲響。

---

16 安倍貞任（一〇一九—一〇六二）：平安時代後期的陸奧豪族，安倍家棟梁，與源氏爭戰，戰死於廚川柵。為軍記故事、歌舞伎中的要角。

17 九年之役（一〇五一—一〇六二）：平安時期發生在東北地方的一連串戰役。此戰之後，安倍氏滅亡，清原氏稱霸東北。

小國村和附馬牛村的人聽到這聲音，就會說：
「是安倍城鎖上的聲音。」
然後這聲音響起的隔天，就會下雨。

六六

早池峰在附馬牛村的登山口，也有一處叫安倍大宅的山洞。這一處僅留其名，沒有實物，但既然叫作大宅，過去應該住著與安倍貞任有關的人。總之，早池峰山與安倍貞任淵源極深。

小國村處的登山口有三處墳塚，據說埋葬著與安倍貞任抗戰陣亡的八幡太郎義家[18]的家臣。

18　八幡太郎義家：即源義家（一〇三九—一一〇六），八幡太郎為號。平安後期的武將，奠定源氏在東國的勢力基礎。為創立鎌倉幕府的源賴朝、創立室町幕府的足利尊氏之祖，故被後世視為英雄。

六七

早池峰以外的地方，也有不少關於安倍貞任的傳說。

從土淵村與栗橋村的境界——從前稱為橋野村一帶的登山口往上攀登二、三里路的山中，有一片平坦遼闊的高原。

這一帶也保留了貞任這個地名。

傳說安倍貞任曾經讓馬匹在那裡的池沼消暑，或是貞任曾在那裡紮營。讓馬匹消暑，指的是讓奔跑後發熱的馬匹浸泡四肢休息。

貞任高原視野極佳，可以瞭望陸中的海岸，甚至是水平線。晴天的日子，從這裡眺望的東海岸風光，實為絕景。

六八

土淵村有些人家自稱安倍氏。這些人家據傳是安倍貞任的末裔，在以前非常興旺，現在仍是村中數一數二的富豪，並擁有許多馬具刀劍，屋舍亦十分宏偉，四周環繞著盈滿了水的壕溝。現任當家是安倍與右衛門，擔任村會議員。

除了遠野之外，還有許多據說是安倍貞任子孫的人家。像是盛岡的安倍館附近，也是安倍氏遭到滅亡的古戰場遺址廚川柵一帶，似乎也有繼承安倍姓氏的人居住在那裡。

從土淵村安倍家往北四五町[19]，小烏瀨川的河灣處有屋舍的遺址，稱為八幡澤館，據傳是八幡太郎義家的軍營遺址。從這裡前往遠野城鎮的途中，有一座八幡山，這座山面對八幡澤館的山峰上也有屋舍遺址，據說是貞任的軍營遺跡。

兩處屋址相距約二十餘町遠。

據說這之間的土地有許多箭鏃出土。這些證據補強了兩軍營在過去彼此射箭、進行過激

19 町：一町約一〇九．〇九公尺。

烈攻防的傳說。

此外，兩處館址的中間左右，有處叫似田貝的聚落。

似田貝（nitakai）這個地名，我認為是來自於阿伊努語中意味著濕地的「nitato」。因為下閉伊郡小川村也有叫二田貝（nitagai）的字[20]，並且在關西地方，地名叫「nita」或「nuta」的地方，也都是濕地。這一帶從前似乎也是如此。據說安倍貞任與源義家爭戰的時代，似田貝一帶蘆葦叢生，地面泥濘軟爛，走在上面甚至會左右搖晃。不過村名另有由來。

有一次，八幡太郎義家經過這片蘆葦原。

結果他發現有大量疑似粥品的東西置於此處。不知道是敵人的還是自己人的，但總是兵糧無疑。八幡太郎問：

「這是熟粥（nitakayu）嗎？」

當地人說，村名似田貝（nitakai）就是從這熟粥（nitakayu）轉變而來。

似田貝村外有條小河叫鳴川，小河對岸就是足洗川村。傳說村名是源自於源義家曾在鳴川洗過腳。

20　字：日本町和村底下的行政區劃，分為大字和小字，小字一般單稱字。

五

遠野四面環山。群山深處居住著山人。

山人的外形像人。

但據說他們不是人。

比方說……

從遠野鄉要出海，必須先翻山越嶺。若要前往田濱或吉利吉里等海岸，從山口村進入六角牛山，翻越笛吹嶺，是最快的途徑。人們會用馬載上米糧、木炭等物資，進入山中，翻過笛吹嶺，然後載運海產回來。山口這個村名，就意味著山的入口。因為極有效率，這條山路自古以來就受人重用。

然而……

到了近年，這條路卻漸漸荒廢了。

因為據說試圖越嶺的人，一到山中，就一定會碰到。

碰到什麼？碰到山人。

這條路上有山男和山女。

它們似乎非常可怕。

遭遇山人的人驚恐萬分，而只是聽到轉述的人，也嚇得哆嗦不止。往來的人愈來愈少，不久後行人稀疏，終至再無人影。因為太多人害怕走這條路，人們只好另闢蹊徑。

不管再怎麼害怕，如果沒有路可以前往海邊，生活會出問題。因此人們在和山這個地方設了驛站，開了條從境木嶺翻山的新路。

據說現在都走這條路。

因為必須迂迴二里路以上，絕對不能說方便。

這反映了——

山人就是如此駭人。

九二

這是去年的事。

土淵村有十四、五個孩子結伴到早池峰山去玩。

他們在山裡玩了一整天，回過神時，已是日暮逼近的時刻了。

孩子們心想天色暗了很危險，便連忙趕著下山。事情就發生在他們總算快來到山腳的時候。

孩子們碰到一個塊頭高大得嚇人的男子，正快步爬上山來。

也許是因為天色昏暗，男子看上去一團漆黑。來人眼睛炯炯發亮，肩上背著一只像麻料的老舊淺黃色小包袱。孩子們說那模樣嚇人極了。在這種時刻往山中走去，本身就不尋常、違反常理。

一名膽大的孩子問他要去哪裡。

「去小國。」

男子回答。

但那條山路怎麼想都不是去小國村的路。方向完全反了。男子是在上山。

孩子們停下腳步，狐疑地目送男子。但雙方才剛擦肩而過，男子一眨眼就不見蹤影了。

「是山男！」

有人說，孩子們登時怕了起來，七嘴八舌地喊著：「山男！山男！」逃回村子了。

三〇

這是住在那個小國村的男子的遭遇。

男子不知其名。一天，男子到早池峰山去砍竹子。

不久，男子來到一處長滿了地竹[21]的地方。他正開心地以為這下子可以大豐收，不經意地放眼一瞧……

竟發現竹叢裡躺了個巨大得嚇人的男子，正熟睡不醒。

巨漢仰躺著，鼾聲大作。男子倒抽了一口氣，忽然往下一看，發現地上有一雙用地竹編成的草鞋。

據說那雙草鞋長達三尺[22]。

---

21 地竹：千島笹。學名為「Sasa kurilensis」，一種大型竹，多食用其筍，類似箭竹筍。

22 尺：一尺為三〇・三公分。

二八

傳說第一個開拓早池峰山山路的，是附馬牛村一個姓名不詳的獵人。這應該非常久遠了，但無疑是南部氏遷入遠野的城池以後的事。因為在那之前，沒有一個當地人會進入這座山。

這個姓名不詳的獵人進入前人未至的山中，辛辛苦苦地開闢了約一半的路。來到半山腰處，獵人歇息停手，在那裡搭了間臨時小屋，暫時住下。

有一天，獵人把年糕排在爐上，從烤好的開始吃起。

這時……

有人經過小屋前。山裡不可能有人，因此獵人詫異地一看，發現那人來回逡巡，不停地窺伺小屋裡頭。仔細一看，是個身形高大的和尚。

一會兒後，那和尚闖進小屋裡來了。

獵人大驚，但慌也沒用，因此繼續默默烤年糕。和尚不知是餓了，或是從來沒看過年糕，一臉罕異地專心看著獵人烤年糕。

但和尚終於露出再也無法忍耐的樣子，突然伸手搶奪烤好的年糕吞下肚。

獵人怕了，年糕一烤好就立刻拿給和尚。

和尚開心地吃著，把獵人給他的年糕吃個精光，一個也不剩，然後離開了。

獵人思忖了。

他不知道那個大和尚是何許人物。但看他那樣子，明天肯定還會再來。年糕已經所剩無幾，但如果不給年糕，不知道會有什麼下場。不曉得語言通不通，再說就算下去村子拿年糕上山，萬一又被吃個精光，那可沒完沒了……

獵人心生一計，隔天撿來兩三塊肖似年糕的白色石頭，和年糕一起擺在爐上烤。不一會兒，石頭烤透了，燙得像火球一樣。

不出所料，大和尚又來了。

和尚和昨天一樣，盯著爐上的年糕，沒多久便伸手抓起年糕，吃得津津有味。一個下肚、兩個下肚，年糕被吃完，只剩下火熱的白色石頭。

和尚渾然未覺，抓起火熱的石頭就往嘴裡頭扔。

才剛扔進口中，和尚便嚇了一大跳，猛地衝出小屋。獵人追出去一看，已不見人影。

據說後來過了一段日子，獵人在谷底發現大和尚的屍體。

三五

這是佐佐木的叔公前往白望山採菇時的事。

他專心一意地採菇，注意到時，太陽漸漸西下了。

夜半走山路很危險，因此佐佐木的叔公決定在臨時小屋過上一夜。

臨時小屋前有山谷，山谷對面是一座大森林。

叔公夜裡睡不著覺，望著山谷對面，結果……

看見有人經過森林前方。

是個女人。

女人是用跑的。而且叔公說，在他看起來，那女人就像跑過半空中。

「等一下！等一下！」

他還聽到了兩聲女人呼喚什麼的聲音。

三四

與白望山相連之處，有個叫離森的地方。

那裡有個地區叫富人屋。富人屋空有其名，是一塊無人居住、空無一物的僻地。

有人想要在那塊無人的土地燒炭。當時家家戶戶使用的木炭都是自己燒的。木炭有時也可以拿來變賣，算是一點外快，因此燒炭相當盛行。

那個人蓋了窯，搭建起小屋。燒炭小屋是要放置燒好的木炭，使其冷卻的。也是在那裡把木炭裝進稻草袋裡。小屋是組合木頭簡單搭建而成，門口掛了塊草蓆遮蔽。

某天晚上……

男子去查看窯火。

結果發現有人掀開草蓆，窺看小屋裡頭。

是個女人。

長長的頭髮分成兩邊，長長地披垂著。

不是村裡人的髮型。

據說在富人屋一帶，深夜常會聽到女人的叫聲。

七五

據說離森的富人屋這裡直到幾年前，都還有一家製作火柴棒軸木的工廠。說是工廠，也不是什麼大廠房，只是棟小屋而已。

現在已經沒有了。

它遷到土淵村一個叫山口的地方去了。以下就是它搬遷的理由。

據說天色一黑……

就會有女人不曉得從哪裡冒出來，偷看小屋裡面。

女人悄悄窺看屋內，如果裡面有人……

就會放聲大笑。

雖然不知道哪裡好笑，但女人一見人就笑。

據說聽到那笑聲，被笑的人會立刻陷入無比淒涼的心境。

在無人居住的荒地夜晚，只有女人的大笑聲四下迴盪，這情景與其說是駭人或古怪，也許確實更令人感覺到淒涼。

據說就是承受不了那種淒涼，工廠才會遷走。

火柴棒工廠遷離之後，這回又因為要從富人屋的山裡砍伐鋪軌道用的枕木，在山上蓋了棟簡陋的小屋供工人休息起居。

然而每到傍晚，工人就會不見。

他們會在不知不覺間從小屋晃出去，回來的時候，仍迷迷糊糊，去了哪裡、做了些什麼，不管怎麼問都不得要領，莫名其妙。

這樣的工人不只一個，而且不只一兩次。有四五個人一到傍晚就驀地消失，然後每一個都神智不清地回來，失魂落魄良久。這樣的怪事後來也發生過好幾次，持續不斷。

到了很久以後，一名工人才開口坦承。

說是有女人會來。

女人把他們引誘出去，帶到不知何處的地方，接下來的事完全不復記憶。即使回來了，仍有兩三天處在意識混濁、一頭霧水的狀態。

四

這是在山口村成家的吉兵衛遇到的事。

家長吉兵衛某天到根子立這座山去砍矮竹。他在矮竹原裡砍下所需分量的竹子後，捆成一束，扛到背上。

就在他準備站起來回家的時候……

一陣風嘩嘩吹過，就像是撫過背後一大片的矮竹原。吉兵衛不經意地轉向風吹來的方向。

風是從矮竹原更深處的地方，森林的方向吹來的。那片林中走出了一個女人。

是一個背著幼兒的年輕女人。

女人隨著風穿過矮竹原，朝竹兵衛這裡走來。

吉兵衛懷疑自己眼花了。因為他覺得女人彷彿足不點地。不，在風中搖擺的矮竹葉遮住了女人的腳，所以看不見，但是看在吉兵衛眼中，女人就好像稍微浮在地表上，被風吹著在矮竹原上前進。

女人愈來愈靠近吉兵衛了。

一個豔麗絕倫的女子。看在吉兵衛眼中是如此。

女人留了一頭烏黑的長髮，任其披散。沒有綁，也沒有剪。這本身十分詭異。

但仔細一瞧，綁著嬰兒的繩索是藤蔓；身上的衣物也是，原本似乎是隨處可見的條紋和服，但衣襬的部分都綻開了，各處的破洞，也都是以樹葉當成補靪修補。

不管是走路的樣子、髮型還是衣物，都異於常人。

女人彷彿完全沒看到吉兵衛，若無其事地掠過他的眼前，消失在視野當中。完全不知道去了哪裡。

吉兵衛一下子怕了起來。

也許是當時的體驗太駭人了，沒多久吉兵衛便害了病，在病榻上纏綿許久。而這並不是多久以前的事。

生病的吉兵衛過世，也是才最近的事而已。

三

環繞著遠野的群山，果然還是棲息著山人。

櫪內村的和野住著一個七旬老翁佐佐木嘉兵衛。

這是嘉兵衛老翁年輕時的遭遇。他年輕的時候是個赫赫有名的神槍手，以獵人為業。

那一天……

年輕的嘉兵衛上山打獵，深入山中，尋找獵物。

他專心爬山，赫然驚覺時，人已置身極深的山區。雖然不到人跡未至，但不是有人來往的地方。雖然嘉兵衛是個熟悉山林的獵人，也闖進了平時不會踏入的領域。

就在更前方之處。

枝葉之間，遙遠的另一頭有塊大岩石。嘉兵衛大吃一驚。

因為岩石上坐著一個美女。

女人側坐著，正在梳理一頭極長的烏黑頭髮。

臉龐極為白皙。而且不是抹粉的那種白。皮膚本身白到幾乎透明。

那不是人。

因為那不是有人的地方。不，那裡不該有人。即使想去那裡，常人也去不了、沒必要去。遑論女人，更不可能上得去。

所以那不是人。

年輕的嘉兵衛也是個膽大包天的漢子，絲毫不感到害怕。相反地，他拿槍瞄準了那魔物，開槍射擊。

轟聲在山林間回響，聲音散去之前，女人已然倒地。

擊中了。嘉兵衛跑過樹林，爬上岩石。

倒地的女人非常巨大。身量比嘉兵衛還要高。

而她原本正在梳理的黑髮比身子更長。村落沒有人把頭髮留到比身高還要長。長相雖美，但這女人是異形。

女人死了。但嘉兵衛無計可施。他不可能把屍體扛回去，因此割下一點長髮，綰起來收進懷裡，作為殺死山中魔物的證據。這天嘉兵衛沒有繼續打獵，踏上歸途。

然而不知為何，回程的時候，嘉兵衛忽然被睡魔給侵襲了。

山路才走到一半，嘉兵衛卻睏得不得了。

他想睡得要命。

嘉兵衛無奈，只好躲到隱祕處小睡一下。腳步不踏實的話，走山路太危險了。

嘉兵衛假寐了一下。他昏昏沉沉，在睡夢與現實之間徘徊，就在這時……

一名巨漢不知道從哪裡冒了出來。

巨漢看似高聳入雲。他來到嘉兵衛身邊，彎下身子，手插進嘉兵衛的懷裡，取走了綰起的黑髮。是從女人屍體割下來的頭髮。

他是來取回頭髮的嗎？嘉兵衛想。

男子拿著髮束，旋即離去，瞬間嘉兵衛醒了過來。

睡意也煙消霧散。

那是……

嘉兵衛覺得是山男。

嘉兵衛老翁如今依然健在。

八

不論何地，婦孺在黃昏時分出門都會受到勸阻。也許是因為天色昏暗，弱者在戶外活動很危險。有時還會遭到神隱，失蹤不見。這在遠野也是一樣。

據說松崎村有個叫寒戶的地方，那裡的民家女兒突然消失了。

梨樹下有她脫下擺好的草鞋。女兒只留下草鞋，就此下落不明。

後來過了三十多年的某一天……

親朋好友有事聚集在那戶人家。

這時——一名老態龍鍾的婦人上門來訪。

那居然是消失的女兒。

眾人都驚訝極了。這三十年間她都在哪裡？在做些什麼？怎麼回來的？不——為什麼都過了三十年才又回來？

親朋好友都困惑極了，但還是問她為何如今才又返家。

「我無論如何都想再見到懷念的人們一面，所以回來了。」

老嫗說，然後說：

「那麼我要走了。」

老嫗就這麼離開。沒有戀戀不捨，甚至沒有留下來訪的痕跡，老嫗再次回到不知何處的地方去了。

那天狂風大作。

自從那天開始——每當風大的日子，遠野鄉的人都會說：

「感覺這天寒戶的老太婆會回來吶。」

但遠野並沒有叫作「寒戶」的聚落。松崎村的是叫作「登戶」，而有「寒風」這個地名的，是在綾織村。也許是聽錯了，或記錯了。

即使如此，颳大風的日子，人們還是忍不住要說……

感覺寒戶的老太婆好像會回來。

三一

遠野鄉的百姓家，每年都有許多姑娘和孩童被抓走。

不是人抓走的。

據說被抓走的多半是女人。

六

在遠野鄉，現在還是稱豪農[23]為富翁。

那名富翁住在青笹村大字糠前。

有一天，富翁的女兒被抓走藏起來了。就像遇上了神隱一樣。全村鬧得沸沸揚揚，結果還是找不到人，就這樣過了許久，某一天……

同一村的某個獵人進入深山打獵。

他在那裡。

遇到了女人。

獵師驚駭欲絕。因為那不是會有女人的地方。

那麼一定是山女。山女一樣是可怕的東西。

害怕的獵人舉起槍枝，反射性地想要射殺那可怕的東西。

23　豪農：指擁有許多土地，並有權勢的富裕農家。

結果那山女……

喊了獵人的名字，說：「這不是某某叔嗎？」

然後女人說：

「別開槍……」

獵人被叫出名字，嚇了一跳。定睛一瞧，女人居然是好幾年前下落不明的富翁千金。獵人大為驚訝，然後困惑不已，問她怎麼會在這種地方？

姑娘回答：

「我——是被某個東西抓來的。」

是被擄走的吧。

姑娘接著說——她成了那東西的妻子。

「我成為它的妻子，也生了孩子。生了好幾個。不管生下再多個，也全被丈夫吃掉了。所以我很孤單。孤孤單單地在這山裡頭。我只能在這山裡過完一輩子了。已經……」

莫可奈何了，姑娘說。然後又說：

「叔叔待在這裡也一樣危險，快點回去吧。可是這事……」

不要說出去。

絕對不要說出去，姑娘……不，山女說。

獵人聽到這裡，又感覺到一股無法言喻的恐懼。確實，他認得這個姑娘，但這女人再也不是失蹤的姑娘……

而是駭人之物，他想。

獵人再次受到強烈的恐懼驅策，在女人催促下，也沒有確定那裡是何處，或是向目送的女人說什麼，便頭也不回地逃回村子了。

七

上鄉村有一民女上山撿栗子，就此下落不明。

眾人尋遍各處，仍杳無蹤影，家人最後也死了心，當作女兒死了，以她的枕頭代替屍首，辦了喪事。

後來——過了兩三年左右。

一樣是上鄉村的人上山打獵。獵人追捕獵物，即將來到五葉山山腳一帶時，發現了奇妙的東西。

他以為是山洞，但並不是。有塊大岩石像屋簷般覆蓋著。雖然不是人工物，但並非一般的洞，算是個洞窟吧。

裡面。

是下落不明的姑娘。獵人意外發現姑娘，大吃一驚，問：

「妳怎麼會在這種地方？妳是怎麼進到這種深山的？」

聽到問話，姑娘也極吃驚地說：

「我在山裡被可怕的人抓走了。然後被帶到這種地方來。我想要找機會回家，但那個可怕的人防得很嚴，我完全沒有機會逃走。」

獵人更加驚訝，問：

「妳說的可怕的人，是怎樣的人？」

他認為那一定是怪物，不是鬼就是天狗。

女人搖搖頭，說是普通人。

「至少看在我眼裡是普通人。只是他的個子高大異常，還有眼睛的顏色有點**厲害**。」

姑娘這麼回答。什麼叫作厲害？是眼睛的顏色和一般人不一樣嗎？又是怎麼樣厲害呢？獵人不解其意。

姑娘說她為那個人生了好幾個孩子。

「但他說生下來的孩子都不像他，不是他的孩子，抱去別處了。」

獵人問抱去別處做什麼？姑娘說不知道是殺掉了還是吃掉了。人類是不會吃自己的孩子的。

他真的跟我們一樣是人嗎？獵人追問。妳說眼睛的顏色很厲害，是什麼意思？

「他身上的衣物什麼的，跟一般人沒什麼不同。但眼睛的顏色跟我們有些不一樣。就是這一點……」

很可怕，姑娘說。然後她接著說，一市之間會有四、五個一樣的同伴來訪一兩次。

也就是那可怕的人不只一個。

一市之間，指的是市集與市集之間。在遠野鎮上，一個月會舉辦六次市集，因此一市之間是五天。那麼那些可怕的傢伙，五天之間會在這裡碰頭幾次。

「他們聚在一起，說上一會兒話，然後一起離開去別處。有時也會從外面帶食物回來，所以我想他們也會去遠野街上。在我們說話的這當下……」

或許他們就要回來了，姑娘說。

獵人四下張望，忽然怕了起來，離開了那裡。

九

有個叫菊池彌之助的老人。

彌之助有馬，因此年輕的時候以馬夫為副業。雖是馬夫，牽的馬也不是供人騎乘的，而是收錢為人載貨。在遠野，這份差事叫作馱運。工作並不輕鬆，但可以賺點外快，因此有馬的農民經常兼做這份差事。

彌之助同時也是個吹笛高手。

送貨到遠方時，他會一面趕馬，一面吹笛。

出遠門時必須通宵趕路。許多時候，笛聲在夜空裡聽起來嘹亮異常。

某天晚上。

彌之助與大批馱運的夥伴準備一起翻越境木嶺，運貨到陸中的海濱。

路程很單調，天空掛著朦朧的月亮。

彌之助一如往常，從懷裡掏出笛子，靈巧地吹奏起來。

一行人走在夜路上，對那笛聲聽得如痴如醉，來到一處叫大谷地的山谷上方。大谷地是一座極深的山谷，上方是濃密的白樺林，下方則是蘆葦叢生的小溪。

就在即將經過那山谷的時候。

谷底……

傳來一道高亢的叫聲：「有趣！」

眾人頓時嚇得面無血色，逃之夭夭。

十

這位彌之助老人有一次進入山中採菇。

山腳的菇全被採光了，所以他決定進入遠離人居的深山，搭間臨時小屋，住在那裡採菇。

彌之助搭了間簡陋的屋子，日頭一落，便立刻就寢。

就在三更半夜的時候。

忽然傳來一道女人的慘叫聲，驚醒了彌之助。

即便張眼，也四下無光、一片漆黑，因此不知道聲音是從哪傳來的。而且除了彌之助以外，根本就沒有別人。

他以為是心理作用。但聲音清晰地殘留在耳中。那麼聲音是從遠處反射過來的嗎？但這個想法立刻就被否定了。想都不必想，深夜的山中不可能有人，何況是女人？

當然，村子裡的聲音也不可能傳到這裡來。

這裡是連寺院鐘聲都聽不到的深山。

彌之助的心臟開始怦怦亂跳起來。他怕了。

彌之助懷著擂鼓般的心跳過了一晚，漸漸地，四下轉亮了。

什麼事也沒發生。

彌之助認為應該是錯覺，採了菇，下山了。

村子鬧成一團。

說是彌之助的妹妹遇害了，而且凶手是她的兒子，彌之助的外甥。據說妹妹遇害，就是彌之助聽到尖叫的那一晚，而且是同一個時刻。

十一

彌之助的妹妹長年和兒子兩人相依為命。

但生活並不困苦，日子過得十分平靜。

然而自從兒子孫四郎娶了媳婦以後，整個狀況就變了。彌之助的妹妹身為婆婆，與兒媳水火不容，婆媳關係日漸惡化。媳婦經常哭哭啼啼地跑回娘家，多日不歸。

那天媳婦在家。

但身體不適，躺在床上。

中午時分，孫四郎突然回家了。然後他說：

「我再也不能讓媽活下去了。今天我一定要殺了她。」

媳婦聽了大驚，但以為丈夫當然只是說笑罷了。然而沒有多久，丈夫便拿出割草用的大鐮刀，細細地磨了起來。

那模樣顯然不尋常。

看著丈夫瘋狂磨刀的樣子，媳婦也漸漸無法繼續當成玩笑話了。母親一定也這麼想。

孫四郎的母親面色蒼白，不停地辯解賠罪。但孫四郎完全聽不進去，只顧著磨刀。媳婦也愈來愈害怕，從病床上爬起來，苦勸丈夫不要做傻事。

母親一個勁地賠罪，妻子也哭著制止，然而孫四郎對母親的道歉充耳不聞，也不理會妻子的勸阻。母親……

逃出家門。

不，她試圖逃出家門。孫四郎察覺，把玄關和後門關得死緊，並且鎖上。逃亡失敗了。

媳婦和婆婆被監禁在家裡了。

母親設法要逃，懇求說想小解。於是孫四郎出去外面，拿了代替尿壺的東西進來，要母親用它解決。

逃不掉。

沒有多久，太陽西下了。

接近傍晚的時候，母親似乎也放棄逃走，不吵也不鬧，蹲在大地爐旁哭了起來。

時間過去，夜也深了的時候，孫四郎拿著磨得鋒利無比的大鐮刀，慢慢走近潸然流淚的母親身旁。

孫四郎……

首先往旁邊掃去一般，揮刀砍向母親的左肩口。但鎌刀前端搆到地爐上的方格火架子，沒能整個砍進去。

母親慘叫一聲。

據說那叫聲就跟同一時刻，哥哥彌之助在深山裡聽到的一模一樣。

那慘叫也沒嚇阻孫四郎，他繼續揮舞鎌刀，第二刀從右肩口深深砍入。但母親還是沒死。這時村人察覺出事了，跑來察看，見狀皆驚惶失措，聯手壓制孫四郎，並立刻報警。警察隨即趕到，把孫四郎綁了起來。

這時母親還活著。

她血流如注，地爐周圍一片血海。渾身是血、奄奄一息的母親在昏茫的視野中看見兒子被抓走，氣若遊絲地說：

「即使我死了，也不怨他，請大家放了孫四郎吧。」

遭逢這樣的人倫悲劇，竟仍為兒子擔心，母親最後的遺言深深打動了在場的每一個人。但孫四郎本人卻揮舞著砍傷母親的鎌刀，瘋狂地追殺巡查。

當時剛好是警官禁止佩刀的時期，只能攜帶警棍，因此要拘捕人犯困難重重。

但孫四郎被視為瘋子，很快就被釋放了。
他現在依然很平常地住在砍死親娘的家裡。

九六

遠野的城鎮住著一名三十五、六歲的男子，人稱傻子芳公。本名不曉得叫什麼。周圍的人都說他是白痴。他到前年都還活著，住在遠野。

芳公有個怪癖。他在路上看到木頭或垃圾，就會撿起來觀察。拿在手中把玩、扳扭，細細端詳，甚至嗅聞味道。

去別人家的時候，也會用手使勁摩擦柱子等等，再嗅聞手的味道。只要是能拿在手裡的東西，什麼都要拿起來湊近眼睛，笑咪咪地瞇眼端詳，時不時聞聞味道。

還有一點。芳公有時會走到一半，突然停下來撿拾石頭等物朝附近人家扔，並扯著嗓子大喊：「失火啦！」然後被丟擲東西的人家，當晚或隔天晚上必定會失火。這樣的事連續發生過幾次，因此被丟擲東西的人家也會留意火燭，小心預防。但據說不管再怎麼小心，仍沒有任何一家幸免於難。

十二

土淵村的山口住著一個老人新田乙藏。村人都叫他乙爺。現在已經高齡近九十，而且病痛纏身，大家都說他離死期也不遠了。他熟諳遠野鄉各種古老傳說，長年以來，總是成天說著想趁自己還在人世，將這些事告訴別人，讓傳說流傳下去。也許是悟出自己天壽將盡，近年這樣的念頭益發強烈。

確實，這位乙爺對散布於遠野鄉各館邸的主人生平及家族興衰，還有自古以來流傳於遠野鄉的各種歌曲、深山傳說、居住於深山之物的故事等，都知之甚詳。

但非常遺憾的是，乙爺的家髒亂無比，臭氣沖天，乙爺本人也臭不可聞，沒有人願意特地前往，向他討教。

我聽到這件事的明治四十二年時，乙爺似乎已經成了故人。真正遺憾。

十三

這位乙爺老翁曾經孤獨地在山中生活了幾十年。

他原本出生在好人家，但不知道究竟做了些什麼，年輕時就散盡家中財產，失去一切，也失去了希望，與世人斷絕了關係。

乙藏在山嶺上搭了間小屋，販賣甜酒給往來的旅人，藉此餬口。

據說為了馱運而翻山越嶺的人們，都敬慕這名老翁，待他如同父親。也就是說，他拋棄世俗後，反而被世人所接納了。

僅有的收入一有餘錢，乙藏便會下山到鎮裡喝酒。

他穿著紅毯子縫製的日式外套，戴著紅頭巾，每次喝得微醺，就會在鎮上邊走邊跳舞，然後回到山上。眾人都很熟悉他，巡查也不會警告他。

乙藏這樣的生活過了很久，但日漸衰老，身子也逐漸不聽使喚，便回到了故鄉土淵。只是他的孩子都去北海道工作了，即使回到老家，也孑然一身，晚景似乎頗為淒涼。

四三

前年（明治三十九年）的《遠野日報》也報導了這起事件。

上鄉村有個叫阿熊的男人。

阿熊與朋友結伴在下雪的日子進入六角牛山打獵。他們來到山谷深處，在那裡發現了大熊的腳印。

他們決定分頭追捕，抓到留下這腳印的大熊。

阿熊一個人去山峰處尋找。

結果他發現一頭大熊正從某塊岩石後方看著這裡。

近在咫尺。

這距離很微妙，要開槍太近了。

阿熊無可奈何，只得丟下獵槍。

然後他不曉得在想什麼，居然朝大熊飛撲上去。也許是認為按兵不動，會被熊吃掉。

兩熊扭打成一團，一同滾下雪坡，朝山谷滑落。

同伴見狀想要搭救，卻連靠近都沒辦法。他們無法伸出援手，也無法阻止。

他們試盡各種法子，卻都力有未逮，終於……

兩熊同時墜落溪流了。

阿熊在下，大熊在上，就這樣沉入水中。

一名同伴抓住那一瞬即逝的機會，開槍射擊。

一發子彈漂亮地命中了大熊。

大熊在沒入水中之前被射殺了。

至於阿熊，他沒有溺水，全身被熊掌抓出幾個傷口，但無生命危險，和同伴一起扛著獵到手的大熊回家了。

九五

松崎有個今年四十三、四歲的男子菊池，是個造園名家。

他會進入山中挖掘花草，栽種在自家庭院；若發現形狀有趣的岩石，不管再怎麼沉重，都會扛回家來，一樣擺設在院子裡。他就像這樣發揮巧思，營造庭院。

一天，菊池心情有些消沉，為了散心，離家上山遊玩。

菊池漫不經心地在山中漫步，途中發現一塊形狀極美的岩石。那種美，是他畢生未見的。岩石的形狀就彷彿一個人的立姿，大小也和人類相同。而且那並非石工所雕琢，而是大自然偶然形成的——是天然石。真正屬於奇岩異石之類。

他內心的陰鬱一掃而空。

這是他生平的嗜好。這塊岩石他無論如何都要帶回去。

菊池下定決心，搬起岩石。

然而岩石意外地沉重。非常重，重到實在搬不動。但菊池無論如何都想要它。這樣的想法實在太強烈，令他終於扛起了岩石，搖搖晃晃地努力前進了十間[24]距離。石頭壓得他幾乎昏厥，重到手臂都快斷了。他覺得岩石愈來愈重。這事有些不對勁。

菊池忽然對這重量起疑，在路旁放下石頭。

才走了十間遠的路，他整個人就累垮了，憑靠在那塊石頭上休息。結果……

菊池維持這樣的姿勢，陷入一種難以言喻的感覺，就彷佛與石頭一同浮上了空中。就好像飄浮在半空一樣。他甚至覺得再這樣繼續往上升，就會突破雲層。實際上，菊池的周圍明亮得奇異，變成一種極清淨的景色。周圍百花盛開，不知何處傳來眾多的人聲。他真的——浮在半空中。

石頭仍繼續往上升。

愈升愈高。

啊，已經**到頂**了，不知為何，菊池這麼想。這時，菊池的意識斷絕。他糊里糊塗，什麼事都不記得了。

究竟過了多久……？

後來菊池恢復了意識。

24　間：一間約一・八一八公尺。

他一頭霧水。也不知道自己出神了多久。

他人坐在放下石頭的路肩，姿勢就和休息時一樣，憑靠在石頭上。

這石頭真正不可思議。

如果把這樣的石頭帶回家，完全無法預料會發生怎樣的怪事。菊池這麼想，再一次看石頭。

他看著石頭……

然後怕了起來，逃回家裡。

那塊石頭還在那裡。

據說菊池偶爾仍會遠眺那塊石頭，有時又忍不住想要它。但每次他都克制下來了。

七七

山口的田尻長三郎家，是土淵村數一數二的大富豪。

現任當家是長三郎老翁，在他四十多歲時，山口的大同，也就是大洞家的女兒阿秀的兒子過世了。這便是喪禮當晚的事。

誦經結束，眾人各自返家。長三郎是個健談的人，因此一個人留到最後，比其他弔唁客晚了一些才離開大同家。

結果……

他看見一個男人以石為枕，仰躺在地。那石頭是放在屋簷下，用來承接滴水簷落水的雨石。長三郎嚇了一跳，再瞧一眼。沒有人會睡在那種地方。是喝醉了，還是路倒的人？長三郎定睛細看。

那是個陌生男子，而且看起來不像活人。

這天夜晚月色清明，因此可以觀察得很仔細。

月光下，男子立起膝蓋，嘴巴大張。長三郎膽大包天，因此也沒有驚叫或吵鬧，而是用腳尖推了推地上的男子。

但男子只是任憑推動，別說醒來了，根本是文風不動。

死掉了嗎？

男子以屋簷下的雨石為枕，因此整個身體橫躺在路上，非常礙事。妨礙通行了。結果長三郎跨過男子的身體回家了。

一晚過去，長三郎趁早去了大同家。因為他很好奇。

但理所當然，不見男子蹤影，也沒有人倒地的痕跡。而且除了長三郎以外，沒有人看到那樣的人。

但男子枕頭的雨石形狀和位置，都與昨晚的記憶毫無二致。他有印象。那種東西，平日不會仔細觀察，因此如果他看過，一定是在昨晚。那麼就不是夢，或是幻覺了。

「早知道就用手搖醒那人了。噯，其實我也是多少有點怕了，所以才只用腳尖推一推就算了。結果完全弄不清楚究竟是什麼人幹的好事。」

後來長三郎這麼對人說。

七八

田尻長三郎家的長工裡，有個來自山口，名叫長藏的人。長藏現在已經七十多歲了，仍然健在。

一天，長藏夜遊過頭，很晚才回來。

主人家的田尻家，宅子的大門面對連接海邊與鎮上的街道——大槌大道。長藏有些心虛地走在夜晚的路上，總算來到大門口，遇到一個人從海邊走來。

那人穿著雪衣。

穿雪衣的男子來到大門附近，停下腳步。長藏感到懷疑，觀察他的動靜。

但男子沒有進入田尻家，而是無聲無息地閃向另一邊，朝馬路另一側的田地前進。

——不，等等。

這時長藏想到了。

宅子的對面，應該有籬笆才對。

應該沒辦法直接走進田裡。

長藏穿越馬路仔細一看，確實有籬笆沒錯。

也不可能翻越過去。

但四下不見男子蹤影。

宅子前的馬路一條到底，沒有岔路。

長藏忽然怕了起來，衝進家裡，把剛才撞見的怪事告訴主人長三郎。

後來聽說，那天晚上，新張村有個人到海邊去，在歸途中落馬摔死了。

那人死掉，正是長藏看見神祕男子的時刻。

七九

長藏的父親，名字也叫作長藏。

長藏代代都是田尻家的長工。

母親阿常也一樣在田尻家幫傭。

也就是夫妻倆，還有夫妻倆的兒子都侍奉田尻家。

據說上一代的長藏，也和兒子一樣撞見過怪東西。

一天，上代長藏一樣出門夜遊。但父親和兒子不一樣，入夜不久就回到宅子了。

他從大門進入院落，看到聯繫主屋與馬廄，叫作「洞」的建築物前方的空地「洞前」站了一個人。

似乎是個男人，雙手揣在和服胸懷，窄袖的袖口飄垂著。

面部模糊，看不清楚。

上代長藏心想：

「這傢伙是不是來夜會老婆阿常的姦夫？」

若是這樣，絕不能原諒。看上有夫之婦，趁著老公不在跑來私會，這種居心不良的傢伙，絕不能放過。

上代長藏故意大步踩出腳步聲，靠近男子。

長藏以為男子注意到他，一定會往屋後逃。

沒有哪個奸夫被老公捉住了還不跑的。他打算若是未遂，也不是不能放男子一馬。

然而男子不僅沒跑，還朝著後門的反方向，右邊的玄關門移動。

跑到那裡反而難逃。

——這傢伙，瞧不起人嗎？

那舉動只能這麼解釋。長藏實在氣不過，決心逮住對方，更進一步逼近男子。男子已經成了甕中之鱉，無路可逃了。誰叫他自己要往那裡跑，自掘墳墓。

然而……

男子雙手揣在和服懷裡，就這麼後退，無聲無息地退入了屋中。

但玄關門只開了三寸[25]寬而已。男子從那條縫隙侵入了主屋。

不過火冒三丈的長藏一點都沒察覺這有什麼異樣。他只是心想：這臭小子！

長藏把手伸進門縫間，摸索裡面。

門打開了三寸寬，但內側的紙門關得死緊。

男子沒有進屋。不，他根本進不去。人怎麼可能鑽得進三寸寬的縫隙裡？

直到這時，長藏才總算感覺到恐懼。

那……

是什麼？

長藏慢慢從玄關退開，抬頭往上看。

只見男子緊緊地貼在玄關頂橫木上的「雲壁板」處，俯視著長藏。男子的頭垂得低低的，近到幾乎快碰到長藏的頭。

男子的眼珠子看起來就像從臉上突出了一尺多長。

不知道後來怎麼了。當時長藏只是嚇得魂飛魄散。而且這件事似乎也不是某種前兆。

因為後來什麼事都沒發生。

---

25 寸：一寸約三・〇三公分。

八〇

為了更清楚地理解長藏的體驗，有必要以平面圖來說明田尻家的格局。

遠野鄉的房屋，樣式都與田尻家相去不遠，屋內格局也算是大同小異。因為屋子的平面都呈直角形，因此也有人稱其為「曲屋」。到遠野地區旅遊時，印象最深刻的，也許就是這種房屋樣式。

田尻家的大門面北，但一般通例都是坐西朝東，就是圖上的馬廄一帶。

當地人稱大門為「城前」，屋子周圍是田地，大部分都不會設圍牆、籬笆等地界。主臥室和叫作「內室」的起居間之間有個小房間，這房間非常狹窄，而且沒有窗戶，一片陰暗，叫作「座頭[26]房」。

在過去，家中舉辦宴會時，一般都會請座頭來表演。據說這房間就是供座頭等候的。

26　座頭：日本中世及近世做僧人打扮的盲人。一般從事琵琶、古箏表演工作，或按摩、針灸等職業。

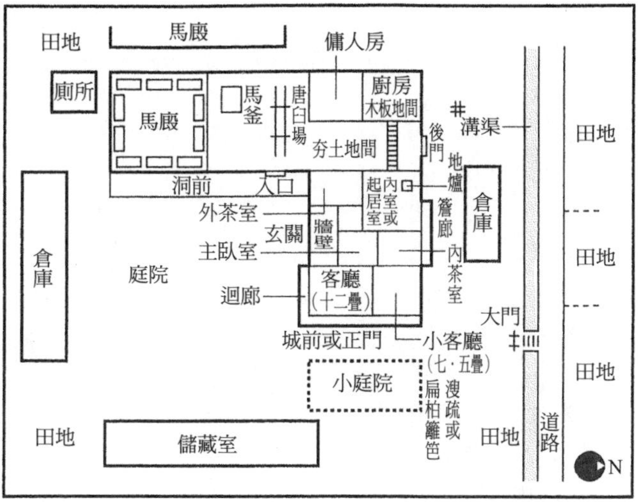
田地
馬廄
傭人房
廁所
馬廄
馬釜
唐臼場
廚房
木板地間
夯土地間
後門
溝渠
田地
洞前
入口
起居室或內室
地爐
倉庫
外茶室
簷廊
倉庫
玄關
牆壁
主臥室
內茶室
田地
庭院
客廳（十二疊）
迴廊
大門
城前或正門
小客廳（七・五疊）
小庭院
扁柏籬笆
溲疏或
田地
田地
儲藏室
田地
道路
N

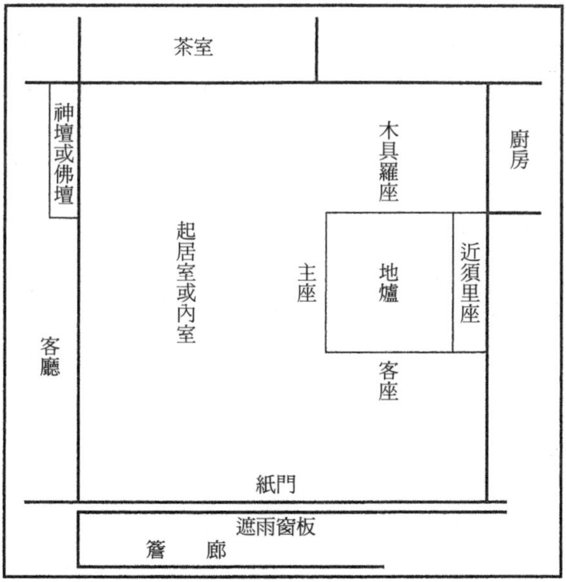
茶室
神壇或佛壇
木具羅座
廚房
起居室或內室
主座
地爐
近須里座
客廳
客座
紙門
遮雨窗板
簷　廊

八二

田尻家的兒子名叫丸吉。

這是田尻丸吉的體驗。

事情發生在丸吉小時候的某天晚上。當時丸吉和家人一起待在叫作「常居」的房間——即起居室，正想去廁所。要去廁所，必須經過茶室。丸吉一進茶室，便看到茶室與客廳的境界處站了一個人。

那確實是個人，卻模模糊糊的，感覺幽渺。

衣服的紋路和五官都一清二楚，卻覺得朦朧不明。

那人披頭散髮的，很可怕。

丸吉很害怕，卻不知為何伸出手來**想要摸**那個人。但他摸不到。伸出去摸索的手，碰到的不是那個人，而是他身後的門板。用手一推，門板便喀噠作響。繼續摸下去，還可以摸到門框。但……

手和門板中間有那個人。

丸吉看不到自己的手。那個可怕的人像團影子般重疊在手上。他的手穿透了那個人。丸吉試著把手抬到那個人的臉部，那個人的臉一樣就在手上。手的前端穿過他的臉，伸到另一頭。

太奇怪了。

小丸吉回到起居室，把那個怪人的事告訴家人。

家人起疑，提著燈籠到茶室查看，但當時已經沒有任何人影了。

田尻丸吉這個人思想很現代，是個非常聰穎的人。此外，他也沒有撒謊的毛病。

這件事應該是真的。

八一

田尻丸吉有位好友名叫前川萬吉，住在櫪內的宇野崎，兩三年前，三十多歲就過世了。這是萬吉生前告訴丸吉的事。

萬吉也在過世的兩三年前遇見過怪事。

也是在夜遊回家的時候遇見的。

當時是六月的一個月夜。萬吉從正門進入家中，沿著屋邊的迴廊走到轉角，這時他不經意地抬頭一看，也許是想要仰望皓皓明月吧，沒想到竟看見一名男子貼在雲壁上，正在睡覺。那是個臉色蒼白的男子。

萬吉嚇得魂飛魄散，腿都軟了，沒多久就害了病，但似乎也只是這樣而已。這件事也不像某種前兆。

七六

據說曾有火柴棒工廠的離森富人屋附近以前住著富人。所以才會叫這個名字。附近還有座山叫糠森。

據說這是富人的家丟棄的米糠堆積而成的山。

傳說這座糠森山，有處地方生長著一株五葉溲疏。

這棵溲疏底下埋藏著黃金。

現在仍有人相信這個傳說，偶爾會在山中漫步，尋找這棵溲疏的所在。

傳說中的富人，是從前的金礦獵人嗎？

這一帶有一些礦渣，是以風箱融化鐵砂和鐵礦製鐵時所留下的。也許以前有人在這裡煉鐵。櫪內村有座叫恩德的金山，與這座糠森所在的山相連，距離也不遠。

八四

佐佐木的祖父在三四年前過世了，享壽七十多歲。

這是他青年時期的遭遇，因此約是嘉永[27]年間的事。

當時陸中的海岸有許多西洋人往來。釜山和山田都建有洋房。船越半島的尖端也有西洋人居住。

人們暗中信仰耶穌教[28]，在遠野鄉，也有人因為信仰基督而遭到磔刑[29]。到海邊去看外國人回來的人都說：

「異人經常摟摟抱抱，親嘴互舔。」

現在似乎也有些老人家會提起這類事情。

據說海岸地方有不少和外國人的混血兒。

27　嘉永：江戶時期年號，一八四八年至一八五四年。

28　耶穌教：過去日本人將基督教稱為耶穌教。

29　磔刑：日本古代刑罰。將罪人綁在柱子上，再用長槍活活刺死。

八五

土淵村的柏崎，有戶人家父母都是不折不扣的日本人，卻連續生了兩個白子。
髮色、膚色、眼珠子的顏色，都和西洋人一模一樣。
現在應該二十六、七歲了。
他們在當地務農。
他們發出來的聲音也和當地人不同，又細又尖。

五〇

死助山有一種花叫「卡扣花[30]」。

在遠野鄉也是十分珍奇的花。

五月，當杜鵑鳥啼叫時，婦孺就會上山去採這種花。

然後把它拿來像酸漿果一樣吹著玩耍。

浸泡在醋裡，就會變成紫色。

採集這種花，是遠野的年輕人最大的娛樂。

30 卡扣花：原文為「カッコ花」（kakko-hana），即敦盛草、大花杓蘭。據傳因為在杜鵑鳥（カッコウ鳥）飛來的時節開花，或多生長在杜鵑鳥啼叫的山上，故得此名。

五九

據說在其他地方，河童的臉是綠色的。

但是遠野的河童，臉是鮮紅色的。

這是佐佐木的曾祖母還小的時候，和附近朋友在庭院遊玩時的事。

庭院長了三棵胡桃樹。

有個面色鮮紅的小男孩從胡桃樹之間探頭窺看她們。

那應該是河童吧。那些胡桃樹現在還沒枯萎，長成了大樹，矗立在佐佐木家的院子裡。

據說佐佐木家屋舍周圍的樹木，全是胡桃樹。

五七

河邊沙地經常可以看到河童的腳印。尤其是下過雨的隔天，更常看到。那腳印很像猴子，拇指與其他手指分得很開，因此只看形狀，也像是人的手印。不過大小不到三寸。而且指頭的部分痕跡模糊。也許是因為指間有蹼的緣故。

五八

小烏瀨川的姥子淵附近，有戶人家家號叫新屋。

這戶人家的人，有一天牽馬到姥子淵去泡水。把馬牽入水中後，牽馬來的人就跑去別處玩耍了。

只留下了馬。

這段期間……

被丟下的馬遭到河童攻擊。河童想要把馬拖入水潭裡，但馬身強力壯，反將河童拖到岸上，最後拖到了馬廄前。也許是害怕被人發現，河童把馬槽倒扣，覆蓋在身上藏起來。馬槽就是裝草秣的飼料桶。

新屋家的人看到馬槽倒扣，心生疑念，抓起槽緣稍微抬起來一看……

底下露出河童的手。

事情立刻鬧開，全村的人都聚集過來。

這可惡的河童，是要宰了牠呢？還是放過牠？村人當場討論起來。

最後他們要河童保證絕對不碰村裡的馬，才放過了牠。
那河童現在已經不在村裡了。
傳說牠離開姥子淵，搬到相澤瀑布的水潭去了。

五五

遠野的河川棲息著眾多河童。

猿石川特別多。

河童會讓人類受孕。

據說松崎村的河畔，有戶人家母女兩代連續懷了河童的種。

他們把生下來的孩子斬個稀巴爛，裝進一升[31]容量的木量斗裡，深深埋進土中。

河童的孩子極其醜陋。

懷了河童種的女人，丈夫是新張村人，他的老家也在河畔。這個人把妻子懷上河童種的始末告訴了別人。

事情是這樣的。

一天傍晚，全家人去田裡幹活回來的路上。

31　升：一升約一・八公升。

那戶人家的女兒——男人的妻子，恍恍惚惚地走到河岸，在水邊蹲了下來，嘻嘻笑著。隔天中午，眾人正在休息用飯的時候，女兒又去了河邊，蹲在那裡笑。家人都奇怪她怎麼了，但因為沒什麼事，也不能如何。即使問女兒，也問不出個所以然來。日子就這樣一天天過去，不久後傳出了奇妙的謠言。

謠言說女兒有奸夫。

說村裡某個男人每晚都來找女兒。

而傳聞是真的。

一開始奸夫似乎趁著女婿不在的空檔跑來，像是女婿出門替人趕馬運貨到海邊的日子。但間隔愈來愈短，最後甚至女婿就躺在旁邊，也照樣跑來和女兒偷歡。不知為何，就是無法防堵。

不久後，私通的男人是河童的說法甚囂塵上。這流言漸漸傳開，家裡的人都傷透了腦筋，召集全家族的人保護女兒，卻徒勞無功。

婆婆看不下去也來了，就睡在兒媳婦旁邊監視，竟也無能為力。據說深夜時分，婆婆聽到媳婦的笑聲，提防著奸夫就要來了，身體卻動彈不得。就像遇到鬼壓床一樣，一動也不能動，只知道有人來了，卻無計可施。

一族的人試遍各種方法，卻只能任由對方為所欲為。

沒多久，女兒懷孕了。

不知道是丈夫的種，還是可疑奸夫的種。

接著臨月，終於要生產了，卻是難產。

有人看不下去，建議說：

「在馬槽裝水，讓孕婦在裡頭生，就能安產。」

眾人照著一試，真如所言，孩子一下子就生出來了。

生下來是生下來了，但……

嬰兒的手上有蹼。

是河童的種。

其實，這女兒的母親在年輕時也曾生下河童的孩子。會傳出奸夫是河童的流言，也是這個緣故。也有人說，這不是兩代、三代就會結束的孽緣。

這裡不便說出其名，但這戶人家是豪農，當家為人和善。家中是武士門第，也擔任過村會議員。

五六

傳聞說，上鄉村另一戶人家的女兒也產下疑似河童的孩子。

雖然沒有確實的證據，但生下來的孩子通體赤紅，嘴巴巨大，是個極可厭的噁心孩子。

因為外形太可怕了，家裡的人決定把他丟掉，便帶著這不祥之子，來到村郊的岔口。也就是道路的分歧點。

家人將嬰兒丟在岔口。

家人頭也不回地走了一間之遠，忽然改變了心意。

捨不得了。不是出於同情，而是心想賣給畸形秀巡迴團，應該可以換幾個錢。

家人在利欲驅使下折返，但嬰兒已經不見了。

那人認為是被什麼人抱走藏起來了。

四五

年歲增長的動物，會做出各種古怪的行徑。這叫作「經立」。
據說猿猴的經立肖似人類，牠們好女色，會擄走村裡的婦人。
還說牠們會用松脂塗抹體毛，再沾上泥沙凝固，因此毛皮堅硬如鎧，連槍砲的子彈都無法射穿。

四四

六角牛山的連峰處，有座村子叫橋野。

從橋野村往上的山地有座金礦坑。一名男子靠著燒炭供應這礦山來謀生。

男子擅長吹笛。

這天，男子也許是閒著無聊，大白天就關在燒炭小屋裡躺著吹笛。結果忽然有人掀起垂蓋在小屋入口的草簾。

男子驚訝是誰，望過去一看，竟是一頭猿猴的經立。

男子驚駭地爬起來坐好，結果猿猴不疾不徐地離開小屋，就這樣跑到遠處去了。

四六

這是某個住在櫪內村林崎的人的遭遇。

據說是十多年前的事了。

那個人到六角牛山去獵鹿。為了把鹿引誘出來，男子吹了叫作「歐奇[32]」的鹿笛。這種鹿笛會發出類似雌鹿叫聲的聲響。

結果卻冒出了猿猴的經立。

猿猴是把男子的笛聲誤以為是真正的鹿了吧。牠齜牙咧嘴，從山頭一直線朝男子衝了過來。

男子嚇破了膽，停止吹笛。

猿猴也許是因為迷失了目標，大大地偏離男子，跑向山谷那邊去了。

32　歐奇：原文作「オキ（oki）」，東北地方使用的鹿笛，現在也用於祭祀神明的神樂中。

四七

遠野地方平時嚇唬小孩的時候，都會說：

「六角牛猿猴的經立要來囉。」

都變成陳腔濫調了。

這個地方的山，就是有這麼多的猿猴。

如果去觀賞緒桛的瀑布，可以看到懸崖的樹梢坐滿眾多的猿猴。

猴猿看到人也會跑，但一邊跑，還會一邊朝人丟擲果實等等。

四八

仙人嶺也有許多猿猴。

據說牠們會朝往來山嶺的人丟擲石塊等取樂。

三六

猿猴的經立很可怕，但御犬的經立也一樣駭人。

御犬就是狼。

山口村附近的二石山，名副其實是一座岩山。

某個雨天，從小學放學回家的孩子們仰望那座山，結果看到許多岩石上都蹲著御犬。

孩子們看了一會兒，只見御犬就像從底下推直脖子一般，一頭接著一頭嗥叫起來。從正面看去，感覺有剛出生的小馬那麼巨大。

又巨大又可怕。

但聽說從後面看去，卻意外地小。

世上再也沒有比御犬的吼叫聲更令人喪膽失魂的了。

三七

據說趕馬馱運的人，經常在境木嶺與和山嶺之間遇到狼。

馬夫在夜行之際，多半會十個人結伴而行。一名馬夫能牽的馬叫「一把繩」，約是五頭，最多也是六七頭。因此夜間趕路的一群馬夫，通常都帶著四五十頭以上的馬。

有一次……

多達兩三百頭的大匹狼群從後方襲擊了馬夫。

當時狼群的腳步聲巨大到震動山林。因為太可怕了，馬和人都聚成一團，在周圍燃起了一圈火，以防止狼群進攻。然而狼卻越過那火焰，接二連三跳進火圈裡來。

最後，馬夫們解開馬的韁繩，用那繩索圍住火焰內側。儘管覺得沒有任何防護效力，狼群卻似乎誤以為那是某種陷阱，不再往裡面跳了。但牠們還是遠遠地圍住馬夫們，不斷地嗥叫，直到天明。

三八

小友村有一戶世家，那裡的老家長現在依然在世。

事情發生在這名老翁去鎮上回來的路上。他喝得醉醺醺的，舒暢地走著，忽然頻頻聽見御犬的吼叫聲。老翁在醉意驅使下，心想你叫，我也能叫，便學著那聲音叫起來。

結果……

不管走到哪裡，狼叫聲都如影隨形。老翁心想，一定是狼邊叫邊跟上來了。他頓時害怕起來。

老翁急忙回家，緊緊關上大門，衝進屋子裡，把屋門也關上鎖好，在屋內屏聲斂氣，藏身不動。

狼在老翁家周圍逡巡不去，叫個不停。

老翁嚇得都快沒命了。

一晚過去，總算沒了動靜，老翁提心吊膽地走出屋外。

沒看見狼。

但……

仔細一看，馬廄房基底下的泥土被挖開了。裡頭似乎也不太對勁。而且還有血腥味。老翁有了不好的預感。這裡本來沒有洞，也沒有人會在這裡挖洞。那麼……

是狼挖的。

狼從洞裡鑽進馬廄，把馬吃了。

七匹馬全被咬死了。

據說從此以後，這戶人家日漸衰敗，家運也變差了些。

三九

佐佐木曾在兒時和祖父兩個人一起上山。回程的時候，在距離村子不遠的溪流岸上看見一隻倒地的巨鹿。

鹿的側腹被咬破，傷處冒出蒸氣般的氤氳。感覺剛被咬死不久。

佐佐木的祖父說：

「這是狼咬死的。這頭鹿很雄壯，真想要牠的皮，但御犬一定就躲在附近看著，連取皮都不成。」

四〇

據說只要有高三寸的草，狼就能藏身。

季節遷移，草木也會變色。狼的毛皮也會隨著草叢樹木的顏色一同變化。

四二

六角牛山的山腳，有處地方叫御場屋[33]，或是板小屋。

那是一座遼闊的茅草山。是當地人共同種植用來鋪屋頂的。各村莊的人偶爾會來這裡割取茅草。

某年秋天，飯豐村的人來割茅草。

茅草割除後，露出了一座岩洞。飯豐村的人朝洞裡一看，發現三隻小狼。他們殺掉其中兩隻，帶回一隻。

當天晚上——飯豐村的馬被狼襲擊了。並且從這天開始，只有飯豐的馬被狼群盯上。其他村子的馬都安然無恙，卻只有飯豐人養的馬遭到攻擊。

狼群的襲擊無休無止。馬一頭接著一頭被吃掉。

再這樣下去，日子都別過了，飯豐人討論之後，決定發起獵狼行動。

他們請成天相撲、以大力士聞名的阿鐵為隊長，組織了獵狼隊。

一行人才剛來到荒野，準備要消滅狼群，就在遠處發現一團疑似狼群的影子。很大。好像是公狼。但公狼群只是遠遠地觀望，完全不肯靠近。同時草原裡也傳出狼的聲息。

潛伏在草原的似乎是母狼。

雙方隔著曠野對峙，這時草叢突然衝出一頭母狼，攻擊大力士阿鐵。阿鐵情急之下脫下外衣，纏繞在手臂上，用那拳頭冷不防塞進狼的嘴裡。狼咬住阿鐵的手臂，阿鐵把手更深地插入進去。

他一面堵住狼嘴，一面呼救。

然而每個人都怕得不敢靠近。

就在這當中，阿鐵的手臂深入到狼的腹部。

狼在斷氣之前，痛苦之餘咬碎了阿鐵的臂骨。

狼當場死掉了，但阿鐵也被扛回家，聽說沒多久就死了。

33 御場屋：原文為片假名「オバヤ（obaya）」，無漢字。

四一

這是曾經射殺過山女、和野的佐佐木嘉兵衛所說的體驗。

某一年，嘉兵衛到境木越的大谷地方打獵。他走在從死助一路延伸出去的草原上。季節是晚秋，樹葉凋零殆盡，山的表面也裸露出來，景觀蕭瑟。就在這時……

他看見從對面的山峰上……

有數百頭的狼群蜂擁而至。嘉兵衛嚇得不得了，急忙爬上附近的樹梢，縮起身體。接著只聽見數量驚人的狼群從腳下的樹旁疾奔而過的腳步聲。

狼群朝北方前進。

據說從此以後，遠野鄉的狼群數量便頓時劇減了。

遠野物語remix

B part

序（三）

我（柳田）無法割捨對遠野的思慕，遂在去年八月親自前往遠野一遊。從花卷到遠野，路途有十餘里之遙，然而途中只有三處驛站，其餘全是青翠無比的山，以及原野。

只有這些。

沒有炊煙，表示無人居住。論人煙稀少，感覺更甚於北海道的石狩平原。不過我也覺得，這蕭條景象也許只是剛開拓的道路沿線尚未有太多人定居。

遠野的城下町景象截然不同，熱鬧繁華。或可稱為煙霞之都。

我向旅舍老闆借了馬，一個人走訪郊外各村莊。借來的馬前方掛了厚重的繐子，是以黑色的海藻編織而成，用以驅蟲。每當馬兒跨步，掛在前端的竹子便會搖晃，趕走蚊蟲。據說這裡很多牛虻。

猿石的溪谷土壤肥沃，並充分開墾。

路邊立了許多石塔。在其他地區，我從來沒見過如此多的石塔林立的景象。

來到高處，俯瞰盆地，早稻已經成熟，晚稻花開纍纍。但不需要的田水已放乾，流入河中。是一片美輪美奐的田園風光。稻田的色彩，會隨著種植的稻米品種不同而呈現各種變化。若有連續三塊、四塊、五塊色彩相同的稻田，表示都是同一戶人家的田。這叫作「名處相同」。所謂「名處」，可以把它視為比行政區劃的「小字」更小的土地區分。即便是這麼狹小的區域，也有個別不同的名稱，但大部分都只有地主才知道。不過只要閱讀古老的買賣讓渡文件，上面一定都會註明。

翻過山頭，來到附馬牛的山谷，早池峰的山頭繚繞著淡淡雲霧。不過山形就像菅笠般工整，也像個人字形。

這座山谷稻子熟得更晚。滿目稻田，仍是一片青綠。

我走在青翠的稻田約莫中央的狹小田埂上。

陌生的鳥類帶著雛鳥行經眼前。

雛鳥是黑色的，攙雜著白色的羽毛。一開始我以為是小雞，但牠們隱沒在溝壑的草葉中消失，所以不是雞，是野鳥。

天神山正在舉行祭典。

為神明獻上獅子舞。

祭典讓整個村子生氣蓬勃。激烈的舞蹈激起些許塵埃，微微飛揚的紅色服裝在覆蓋整座村子的綠意映襯之下，顯得分外美麗。

獅子舞的獅子其實是鹿，這是鹿之舞。五六個頭戴鹿角、臉戴面具的童子拔出劍來，一同舞蹈。動作整齊畫一。笛聲響徹雲霄。

相反地，歌聲低沉，即使站在近旁，也難以聽出歌詞。

不久後，太陽開始西斜了。

風也颳了起來。

如此一來，醉漢們喊人的聲音也開始顯得寂寞。女人們的笑聲、孩子們四處奔跑的情景，都是近處的歡聲、眼前的情景，卻不知為何漸漸感覺遙遠。旅情湧上心頭。

這就叫作旅愁吧。

這是一種難以排遣的情緒。

我踏上歸途，來到山嶺。從馬上遠眺，可以看到遠方各個村子豎起高旗。

這個地方的習俗是，該年家中有人離世的人家，會在盂蘭盆期間高高豎起紅白旗。

據說是用來招魂。

我從東向西，一一指著旗子計算。

數目多達十幾支。

暮色徐徐降臨，籠罩即將離開永住之地的村中死者，以及暫時踏上此地的我這個旅人，還有顯現出永恆威容的靈山，一切渾然一體，我也融入了遠野的薄暮之中。

回到村落，夜幕已經低垂。

遠野鄉有八處觀音堂。

據說觀音堂裡祭祀的觀音像，都是用一整塊木頭雕刻出來的。

這天有許多還願的香客聚集在觀音堂。

山丘上可以看到許多香客手提的燈籠。

也聽得到佛磬之聲。

是在向觀音還願。

村郊的道路分岔之處，稱為「道違」。經過那岔口時，我發現草叢裡躺了個人，大吃一驚，定睛一看，才發現那不是人，而是人偶。是「雨風祭」活動中使用的稻草人，被丟棄在這裡。

就好像疲累的人躺在那裡睡覺一樣。

很快地……

神佛、死者、旅人……

全被遠野的夜晚吞沒了。

這便是我自遠野之行得到的印象。

九八

在遠野地方，於路邊立石塔，刻上山神、田神、塞神[1]之名，是非常普遍的事。也有刻上早池峰山、六角牛山之名的石塔。

這類刻有山名的石碑，比起遠野鄉，相隔一座山的陸中海邊似乎更為常見。

1 塞神：也稱道祖神、障神，祭祀於村境、山頭或十字路口，防止惡靈入侵，並保佑旅人行旅安全。

二六

土淵村柏崎的阿部氏，家號為農田之家。應該是因為家中擁有許多水田，人們才會如此稱呼。

阿部家也是赫赫有名的世家望族。

阿部家的祖先裡，有個技巧極高超的雕刻名家。

據說遠野一鄉的神像、佛像，絕大多數都出自他的巧手。

一〇二

正月十五的夜晚，叫作小正月。

在這小正月的傍晚時分，孩子就是福神。

福神會四五人成群結隊，拿著袋子訪問村中各戶人家。

他們站在門口，七嘴八舌唱著：

「福神從黎明來了！」

福神造訪的人家，必須給這些小神明年糕。孩子們拿了年糕，在入夜以前回家。

因為如果待到入夜，會出大事。

只有這晚，人們絕對不能外出。

小正月的夜晚是禁止外出的。

傳說中，小正月一過夜半，山神就會出遊。而人們絕對不能看到神明遊戲之姿。

山口的小字丸古立住著一個叫阿正的女人。這是阿正才十二三歲時的事。

那一年不知何故，只有阿正一個人當福神。

平常都是數人結伴，但不知為何，當時她只有一個人。也許是和同伴走散了。
阿正一個人訪問各家，領了年糕。就在她四處拜訪時，暮色漸濃，一眨眼就入夜了。
不見半個人影。
阿正耐著寂寞，踏上歸途，這時……
一個巨人迎面走來。
那個人……
個子高得異常。
臉看起來鮮紅無比。
也許是因為眼睛熠熠生輝的關係。
阿正和那個人擦肩而過，剛擦肩而過，她立刻扔下袋子逃回家……
據說後來就患了重病，好一段時間都無法下床。

一〇三

也有人說，在小正月的夜晚到村裡遊玩的是雪女。

據說不只是小正月，雪女也會在冬季的滿月之夜現身。

雪女會帶著許多孩子，不知從何處前來村落。

遠野鄉的孩子只要碰上積雪，就會跑去附近的山丘玩雪橇。「雪橇遊戲」在孩子們的遊戲中，也是數一數二有趣的。因此他們經常玩得太入迷，不小心玩到入夜。平常大人也不會多計較，唯獨十五日的晚上，會警告孩子們：

「雪女要來了，快點回家。」

大人們總是如此諄諄告誡。但親眼看到雪女的人，少之又少。

一〇四

小正月的夜晚有許多活動。

比方說「月見」，這是一種占卜。

先準備六顆胡桃，分別打開，變成十二個。把它們同時放入爐火中，再同時取出，排成一排。從右至左，分別代表正月、二月、三月、四月，以此類推。十二個半顆胡桃裡，有些會不停地赤紅燃燒。據說這些赤紅的胡桃所代表的月份，滿月之夜將晴朗無雲。相對地，一下子就焦黑炭化的胡桃所代表的月份，滿月之夜將烏雲密布。而相當於風強月夜的胡桃，則會發出「呼呼」聲，愈燒愈旺。

不管試驗多少次，結果都一樣。

整個村子無論哪一家來試，結果都相同。

非常不可思議。

隔天，村人會互道結果，共同商議。比方說，如果得到八月十五日的晚風很強的占卜結果，就決定這年的割稻工作要提早進行。

一〇五

還有叫作「世中見」的占卜。

和月見一樣，是在小正月之夜進行。

稻米有許多種類，像是早稻、中稻、晚稻，用這些不同的米做成年糕，整成圓形，做成「鏡餅」。把和鏡餅原料相同種類的米平鋪在膳台後，再將鏡餅放置其上，蓋上鍋子。

就這樣放置一晚，隔天早上查看結果。

取下鍋子，將各個鏡餅翻過來，如果年糕上沾附了許多米粒，表示該種類的米當年將會豐收。而沾上米粒少的，則會歉收。村人會依據占卜結果，決定今年要種植早、中、晚稻何種品種。

十四

遠野的聚落，必定都有一戶世家。
也就是那些被稱為大同的人家。
這些大同世家，祭祀著叫作「屋內大人[2]」的神祇。
屋內大人的神像是雕刻桑木所製成。在雕好的木棒上畫臉，以它為神體，套上中間挖了洞的方巾。神體穿過方巾的洞穴，以方巾為衣裳。這樣的衣裳，會套上好幾件。算是神明的盛裝。
正月十五日的小正月，所有小字的居民都會聚集在大同家，祭祀屋內大人。
此外，還有叫作「御白大人[3]」的神祇。
御白大人的神像也以相同的方式製作，同樣在正月十五日，村人群聚祭祀。儀式的時候，有時也會在御白大人的神像面部抹上白粉。
大同的人家一定都有個房間，只有一張榻榻米大。
這個房間叫座頭房，是個無窗的陰暗小房間。

據說在這裡過夜，就會遇到不可思議的事。
這裡經常發生睡著的人枕頭被翻過來的情形——所謂的「掀枕」現象。
有時甚至會突然被抱起來，或是從房間裡被推出去。
在這個房間，人們完全不被允許安眠。

2 屋內大人：原文作「オクナイサマ（okunaisama）」，漢字或作「屋內樣」或「奧內樣」。「樣」為敬稱。
3 御白大人：原文作「オシラサマ（oshirasama）」。

六九

現在的土淵村，有兩戶家號為大同的人家。

山口的大同家長叫大洞萬之丞，是入贅女婿。

萬之丞的養母叫阿秀，是佐佐木祖母的姊姊。她年過八旬，現在依舊健朗。據說這位阿秀非常擅長使用魔法。

比方說，她似乎能下咒殺蛇，或是讓枝頭上的鳥掉落，也經常做給佐佐木看。這件事，就是阿秀婆在去年的舊曆正月十五日所說的。

從前……

某個地方住著貧窮的農夫。妻子早逝，有個美麗的女兒。

這個農夫養了一頭馬。他的獨生女極愛這馬，每到夜裡，都會去馬廄和馬睡在一起。然後，女兒和馬終於——成了夫妻。

一天晚上，父親得知了這件事。

馬是重要的家畜，但畢竟是畜生。人和馬不許結合。父親深為苦惱，苦惱之餘，隔天早上瞞著女兒把馬牽出去，吊死在桑樹上。

當天晚上……

女兒發現馬不見了，逼問父親。父親道出真相，女兒悲痛欲絕，跑到桑樹下，抱著馬屍的頸子哭泣。父親見狀，對這頭令女兒瘋狂的馬恨得不得了，回家抄了斧頭，奮力斬下馬頭。結果……

馬頭帶著緊抱住馬脖子的女兒，倏忽飛上高天……

就此消失不見。

據說御白大人這個神明就是在這時候出現的。以吊死了馬的桑樹枝雕刻而成的神像，就是御白大人的肇始。當時造了三尊神像。以桑枝根部雕刻的神像，是山口的大同——大洞家現在仍保存的御白大人，叫作姊神。以桑枝中段雕刻的神像，在山崎的在家權十郎這個人的家裡。這是佐佐木的伯母嫁入的人家，但現在已經絕後，不知道神像流落何方。以桑枝尾端雕刻的妹神神像，據說在附馬牛村。

八三

這戶山口的大同——大洞萬之丞的家，格局與其他人家有些不同。

我將之畫成圖示。該家極為古老，玄關開在東南方。

家中有個保存古文書的藤條箱，據說取出箱中的文書瀏覽，就會遭到作祟。

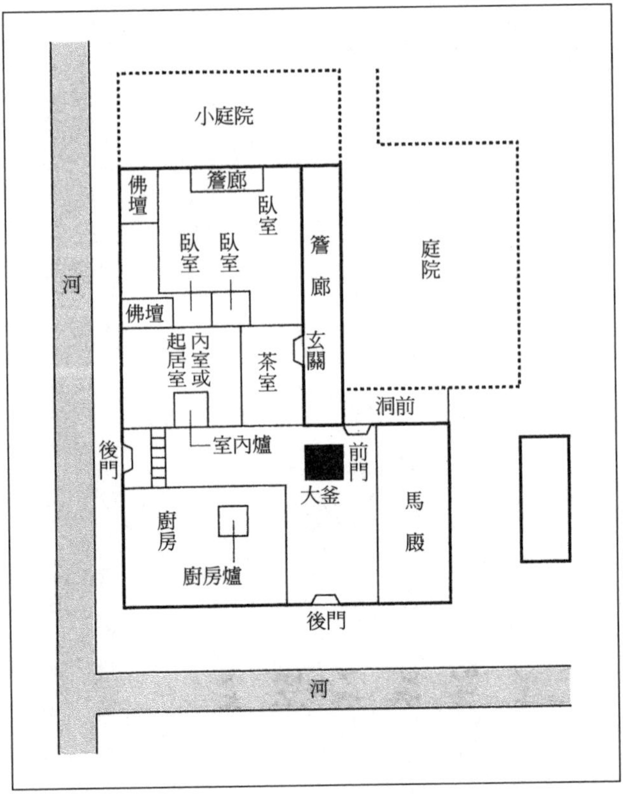

七一

說出這件事的阿秀婆，是位虔誠的念佛宗[4]信徒。

不過似乎與一般世人所說的念佛宗信徒大相逕庭。她的信仰與寺院、僧侶毫無關係，只有在家信徒會一起聚會，信徒的數目也不多。有個名叫辷石谷江的婦人一樣住在山口，似乎和阿秀婆一樣篤信念佛宗。信徒會向相信的人傳播信仰之道，但彼此嚴守信仰的祕密，即便是對父母、孩子，也絕對不會將儀式作法洩漏出去。

也許她們的信仰應該視為某種邪教。

在阿彌陀佛的齋日，她們等到夜闌人靜之後，關在祕密的房間裡，偷偷祈禱。算是地下念佛宗嗎？

但她們經常施行魔法、咒術，因此在鄉里之間具有某種權威。

4 念佛宗：日本佛教的一個宗派，有淨土宗、淨土真宗等。提倡只要念佛即可前往極樂世界。

七〇

據阿秀婆說，有御白大人的家中，一定都會共同祭祀屋內大人。但也有些人家沒有祭祀御白大人，只祭祀屋內大人。不過屋內大人的模樣各家不同。山口的大同，大洞家的屋內大人是一尊木像，但同樣在山口，辷石谷江家祭祀的屋內大人卻是一幅掛軸。

農田之家，也就是柏崎的阿部家，祭祀的也是木像。飯豐的大同家沒有祭祀御白大人，只祭祀屋內大人。

十五

人們相信祭祀屋內大人能得到許多庇佑。

土淵村大字柏崎的富豪農田之家，也就是阿部家，也流傳著這樣的傳說。

某一年，擁有許多水田的阿部家因為插秧人手不足，正在發愁。

抬頭一看，天色似乎也不太妙。也許明天就會變天了。雖然想趕在天氣惡化之前結束插秧，但就只差那麼一點，怎麼樣都來不及。農田家的人一面趕忙插秧，一面抬頭望天，喃喃說：

「只剩這麼一點沒種完，太可惜了。」

結果這時不知道從哪裡冒出來一個小童子，要求幫忙。雖然不曉得是誰家的孩子，但心意令人感動，小孩子雖然派不上多大的用場，但既然願意助一臂之力，總是一樁美事，因此阿部家的人任由他隨意幫忙。

沒想到童子勤奮過人。

中午到了，眾人歇息，也想請童子用午飯，卻不見他的蹤影。

眾人訝異他消失到哪裡去了，用完飯後，再次著手種田，結果童子又不曉得從哪裡冒了出來，繼續工作。插秧前的耙土工作，童子的手法是爐火純青。童子就這樣忙了一整天。工作大有進展，居然趕在那天以前完成了全部的插秧工作。

「啊，多虧有你幫了大忙，雖然不曉得你是哪一家的孩子，但讓我們招待個晚飯，聊表謝意吧。請你務必要來。」

阿部家的人非常歡喜，邀請童子，然而天色一黑，童子又消失不見了。不管怎麼找，都連個影子也沒有。

眾人無可奈何，回到家裡，發現簷廊上沾了許多小小的泥腳印。

那腳印從簷廊進屋，然後走到和室。循著一路跟去，腳印竟在屋內大人的神壇正下方消失了。

「難道……」

眾人想，打開神壇的門一看……

神像的腰部以下全部沾滿了田泥。

一一〇

神樂舞的隊伍，每一組都有一個木雕像，叫「權化大人」。外形很像獅子頭，但有些不一樣。

它極為靈驗。

從前新張的八幡神社神樂組的權化大人，和土淵村小字五日市神樂組的權化大人在路上撞見，大打出手。當時新張的權化大人落敗，失去一邊的耳朵。因此新張的權化大人到現在還是少了一隻耳朵。

因為每年都會在各村巡迴舞蹈，每個人都看過。

權化大人似乎對滅火特別靈驗。

有一次八幡神社的神樂組去附馬牛村，天黑了還找不到地方下榻，正左右為難。眾人迫不得已，向一戶窮人家請求借宿一晚，對方爽快地答應了。

神樂組一行人將五升木量斗倒扣後，把權化大人安置在上面，便去休息。

就在眾人全都沉睡的夜半時分……

忽然響起咬東西般「喀喀喀」的聲響，把眾人都驚醒了。

定睛一看，屋簷邊角正起火燃燒。

而權化大人正在撲咬那火。

眾人都目擊了原本放在木量斗上的權化大人不停地跳起來咬火的景象。

據說有小孩頭疼的人家，也常會請權化大人來咬孩子的頭。

一〇九

盂蘭盆節的時候，會舉辦雨風祭。

這時會用稻草紮出一個比人還要大的人偶，以和紙畫上五官，貼在臉部，並用瓜做出陰陽不同的形狀固定上去，以象徵男女。接著把這人偶送到村境道路的分歧處，豎立在路旁。送蟲活動使用的稻草人更小，也沒有這類裝飾。

舉辦雨風祭時，會從全聚落選定「頭家[5]」。村人聚集，彼此斟酒後，共同演奏笛子和太鼓，將人偶送到道路的十字路口。

用來伴奏的笛子裡面，有叫作「洞笛[6]」的。這是以桐木挖洞製成的笛子，人們高聲吹奏著笛子，然後唱以下的歌詞：

「祭祀二百十日的雨風喲。祭祀何方？祭祀北方。」

5　頭家：也作「頭屋」、「當家」、「當屋」。是負責輔佐神職人員主持祭祀和宗教活動的人家，以占卜或抽籤從信徒之中擇定。

6　洞笛：原文為「ホラ」，洞的意思。

《東國輿地勝覽》裡說，在韓國，厲壇[7]也一定建在城北。這些應該都是來自於玄武神的信仰。

7　厲壇：祭無祀鬼神之壇。

一六

祭祀金精大人[8]的人家也不少。

金精大人的神體非常肖似御駒大人[9]。御駒大人是東日本廣受祭祀的神明，為馬的守護神。村子裡有許多御駒大人的祠堂。

人們會以石頭或木頭刻成象徵男性生殖器官的形狀，獻給神明，但這樣的風俗也日漸式微，現在似乎已經難得一見了。

8　金精大人：原文作「コンセサマ（konsesama）」，原文後有一句說明其漢字：「應為金精大人」。

9　御駒：原文作「オコマサマ（okomasama）」。原文後有一句說明其漢字：「漢字應作『御駒』。」

七二

櫪內村的小字琴畑，是位在小烏瀨川支流上游山澗處的小聚落，總共只有五戶人家。琴畑地處村郊，與櫪內村的中心相隔了二里之遙。

琴畑的聚落入口有一座塚。塚上孤伶伶地放置著一座約莫人類大小的木雕座像。以前似乎是安置在祠堂裡，但現在任憑風吹雨打。

祂叫作神樂大人[10]。

村裡的孩童把祂當成玩具，拖下來扔進河裡，或是在路上拖行，盡情惡作劇，因此五官都已經磨損得一片模糊了。

好歹也是受祭祀的神明，這樣的待遇實在匪夷所思。但看到小孩子這樣遊戲，是不能加以責備、喝斥或制止的。據說制止孩童惡作劇的人，反倒會遭到作祟而生病。其他土地也有這類喜歡與孩子遊樂的神佛。神樂大人應該也是如此。

10　神樂大人：原文為「カクラサマ（kakurasama）」。

七三

遠野鄉其他地方好像也有神樂大人的木像。
櫪內的小字西內也有。
有人記得山口村的大洞以前也有。
但遠野鄉裡，沒有一個人信仰神樂大人。
祂的神像雕刻很粗糙，也不清楚服裝和頭飾是什麼樣子。
如今已經無從得知祂原本究竟是怎樣的形姿了。

七四

櫪內的神樂大人，只有琴畑和西內的大小兩尊。

據說山口也有，因此土淵村全境應該有三或四尊。

每一尊都是木造半身像，就像用柴刀劈成的一樣粗糙醜陋，但還是看得出有人的臉。

神樂大人，會是「神倉」大人之意嗎？若是的話，指的是神明在旅途中休息的場所嗎？

也許從前某樣東西有這種意義的名字，而它成為常駐當地的神明之名保留了下來。

一一一

山口、飯豐、附馬牛的小字荒川東禪寺，以及火渡、青笹的小字中澤，還有土淵村的小字土淵，都有叫作「壇之塙[11]」的地名。而它們的附近，都一定有叫作「蓮台野[12]」的地方。也許是成雙成對的。

據傳，以前有將年過六十的老人驅趕到蓮台野的風俗。老人雖然被趕出家裡，但也不能坐著等死，因此會在白天回到村里，幫忙農務等，藉以餬口。

山口土淵周邊，稱早晨下田叫「出墓」，傍晚從田裡回家叫「歸墓」。若是這樣，可以說是古老陋習的遺緒。

壇之塙，應意味著山丘上的墓塚。我（柳田）認為那是祭祀邊境之神的地方。蓮台野應該也是相同的場所。相關考察，我記錄在《石神問答》一書裡。

11　壇之塙：原文為「ダンノハナ（dannohana）」。

12　蓮台野：讀音為「デンデラノ（denderano）」。

一一二

據說壇之塙在過去建有屋舍的時代，曾是處斬囚犯的地點，也就是刑場。而不管是山口、土淵還是飯豐，壇之塙的地形都差不多，全在村境的山丘上。

仙台也有相同的地名。

山口的壇之塙位在前往大洞的山丘上，就在屋址的同一塊土地。壇之塙中間隔著山口的民家，對面就是蓮台野。蓮台野四面溪流圍繞，東側是與壇之塙之間的低地，南側叫作星谷，一樣是低地。星谷這個名稱全國各地都有，會是祭祀星辰的地點嗎？

星谷有許多方形凹陷的場所，一名「蝦夷大宅」。它是一種遺跡，並非天然窪地。這一點從它齊整的凹陷形狀也顯而易見。這裡也有石器出土。

山口有兩處地點出土石器和土器。

一處是星谷這裡，另一處是小字法領[13]。

這法領並非某些遺址，而是指某個約一町步[14]的狹窄地區。遠野等奧羽[15]全域都祭祀有叫作「法領權現」的神明，據說是蛇神，但此名意義不明。漢字可寫作「法領」或「寶領」等。

法領出土的土器，與蓮台野星谷的土器樣式完全不同。蓮台野的土器極為樸拙，看不出任何技巧，但法領的土器富有裝飾性，上面雕刻的花紋等也十分細緻。此外，法領也挖掘出埴輪[16]和石斧、石刀等。

相對地，蓮台野附近找到許多俗稱「蝦夷錢」，以泥土製作、直徑約二寸餘的錢幣狀物體。上有花紋，是很單純的漩渦圖形。法領則找到玉珠和玉管等裝飾品。法領的石器相當精巧，石頭的質地也很統一，但蓮台野一帶的石器材料各異，差異懸殊。

星谷谷底的土地，現在已經成了水田。據說蝦夷大宅原本就並列在兩側。傳說那裡有兩處地方隨便亂挖會遭到作祟。

其他村子的壇之塙、蓮台野的地形和相關位置，也都大同小異。

13　法領：原文為「ホウリョウ（horyo）」。
14　町步：為量詞，用來計算山林、田地面積，一町步約為九九一七平方公尺。
15　奧羽：陸奧國與出羽國，現今的東北地方。
16　埴輪：日本古墳排列在外側的素陶器。

一一四

山口的壇之塙現在成了公墓。

山丘頂上種了一排溲疏，作為圍籬。東側有開口，也有類似門的東西。中央有一塊巨大的青石。

以前有人試著挖掘那石頭的下方，但毫無所獲。後來有人再試了一次，那時找到了一只埋藏的大瓶。但村裡的老人聽到這事，大發雷霆，把挖掘的人狠狠訓了一頓，把東西又照原樣埋了回去。

人們說，那塊石頭應是許久以前的大宅主人的墳墓。

距離那裡最近的大宅，叫梵字澤館[17]。

那幢大宅挖掘了幾座山引水，在周圍設了三、四重壕溝。人們都以「寺屋敷」或「砥石森」等地名稱呼它。

據說山口的世家，山口孫左衛門的祖先以前就住在這裡。這些事跡，詳載於《遠野古事記》。

17　梵字澤：原文為「ボンシャサ（bonshyasa）」。無漢字。

一一三

和野有個地方叫定塚森[18]。

據說曾是埋葬大象的地方。可能是「象塚」之意。

但全國各地都有定塚這樣的地名，多半寫成「定塚」、「庄塚」、「鹽塚」等等。我（柳田）認為這也是祭祀境界神的場所，地名應該與三途河的葬頭河婆[19]有關。但與象坪等象頭神應該也有關係，所以才會有關於象的傳說。這些考察也記載在《石神問答》裡。把「塚」稱為「森」，是東國的習慣。

和野的這處定塚森，以從來不會有地震聞名。據說附近的居民一碰上地震就會往定塚森跑。

但這裡確實是墓地，埋有人的遺骸。

塚的周圍有壕溝，塚上有石頭。

據說挖掘這塚，就會遭到作祟。

18　定塚森：原文為「ジョウヅカ森（jozuka-mori）」。

19　葬頭河婆：相傳在死後世界三途河（葬頭河）搶奪未帶過河錢的死者衣物的老太婆惡鬼。也叫奪衣婆。葬頭河發音為「ショウズカ（shozuka）」，與定塚音近。

四九

仙人嶺上山是十五里路，下山也是十五里路。不過在這一帶，一里叫作「小道」，一般三十六町為一里，這裡卻是六町為一里。

仙人嶺的半山腰上，有一座祠堂祭祀著仙人像，祠堂壁上連綿不絕地記載著古來行經此處的旅人在山中碰到的各種不可思議遭遇。

這是自古以來的習慣。

比方說……

我是越後[20]人，在某月某日夜裡，在這條山路途中碰到披頭散髮的年輕女子，對我嫣然一笑——諸如此類。甚至也有記載如：我在這一帶被可惡的猿猴戲弄了、我遭到三名盜賊攻擊等等。

20　越後：越後國，日本舊行政區之一，相當於現在佐渡島以外的新潟縣。

十七

相傳遠野的世家，有些人家住著叫作座敷童子的神明。
這樣的人家絕不算少。
據說這種神偶爾會在人前現身。
大部分為十二、三歲左右的兒童形姿。
土淵村大字飯豐住著一個叫今淵勘十郎的人。
今淵家的女兒就讀高等女學校，平時不在家，當時正逢學校放假，她便從寄宿的地方返鄉回家。
就是那時候，女兒在走廊上碰到了座敷童子。
那不是家裡的人。
女兒大驚失色。
據說那座敷童子是個男孩。
還有，這也是最近剛發生的事。

佐佐木家也在那個村子，位在山口。

有一次，佐佐木的母親一個人在縫補衣物。

結果聽到隔壁房間傳來翻動紙張般的沙沙聲響。隔壁房間是主人房，現在是佐佐木的房間。而佐佐木去了東京，並不在家。

家裡只有母親一個人。

莫非有小偷？佐佐木的母親起疑，下定決心起身開門。但房間裡沒有人。什麼都沒有。

母親在那裡坐了一陣。

結果這回聽到隔壁房間傳來吸鼻子般的聲響。唏呼唏呼的聲音不停傳來，就像在吸鼻涕一樣。

母親想：啊，是座敷童子吧。

這麼說來，相當久以前，就有傳聞說佐佐木家也住著座敷童子。

傳說有這種神明的人家「富貴如意」，不論是想要金錢還是地位，都能成真。

十八

座敷童子有時也會是女孩的模樣。

同樣在山口的世家，山口孫左衛門家，長年以來住了兩個女童神。

某一年……

同村某人因為有事前往鎮上，在歸途中遇到了怪事。

小烏瀨川的中游左右有一帶叫留場，那裡的水渠上架了座小橋。

過了那橋就是村子。

男子在那裡停下腳步。

因為他看見兩名模樣秀美的姑娘結伴走了過來。他從來沒有在村子裡見過她們，很陌生。是從別的地方來的，正要回去嗎？兩名姑娘打扮不俗，神態卻都很落寞。

男子叫住正要過橋的她們，問：

「妳們是從哪裡來的？」

姑娘們齊聲回答：

「我們是從山口的孫左衛門那裡來的。」

孫左衛門家裡沒有這樣的女孩。孫左衛門家的女兒是獨生女，年紀比她們更小。男子感到訝異，問：「那妳們要去哪裡？」

姑娘們回答：「要去某某村的某某氏那裡。」

那是離土淵村有段路的農家。

聽到這話，男子恍然大悟。

這兩個姑娘不是人。那麼……

孫左衛門家完了，他想。

後來沒有多久，孫左衛門家就絕後了。家人誤食毒菇，連傭人都死光了。只有一個剛滿七歲的小女孩倖存，她沒有嫁人，也沒有生子，孤獨地老去，據說在不久前病逝了。

而某某村的某某氏，現在仍是富裕的豪農。

二〇

據說發生在孫左衛門家的凶變是有前兆的。

有一次，男丁們正在用鋤頭扒出儲藏的草料。男丁插入鋤頭，攪拌草料的時候，發現裡頭藏了一尾大蛇，是一條非常巨大的蛇。男丁們吵鬧起來，孫左衛門聞聲趕到，制止說：

「不要殺蛇！」

然而男丁們不聽主人勸阻，把蛇活活打死了。

結果——被殺死的蛇底下的草堆鑽出了數不清的蛇，四處爬竄。男丁們覺得好玩，把那無數的蛇全給打死了。

打死是打死了，但大量的蛇屍無處丟棄。

但也不能就這樣置之不理，便在屋子外頭挖了個洞埋起來，蓋了座蛇塚。

據說殺死的蛇裝了足足好幾籮筐。籮筐是用來搬運蔬菜，類似竹籃的東西，可見得數量驚人。據說連究竟殺了多少條都不清楚。

十九

就在殺蛇的騷動之後……

孫左衛門家庭院的梨樹周圍長出了許多陌生的菇。

男丁們發現這菇，為了能不能吃、要不要吃而議論紛紛。主人孫左衛門見狀制止說：

「那種東西最好別吃。」

但一名下人說：

「不管是什麼菇，只要跟去皮的麻莖一起放入水桶，仔細攪拌後再吃，就不會中毒。」

家人都信了這話，孫左衛門全家上下幾乎都吃了菇。

吃了菇的人都死了。

七歲的女兒碰巧出門玩耍，不知道去玩些什麼，樂不思蜀，忘了回家吃午飯，結果逃過一劫。

村中數一數二富有的孫左衛門家就這樣突然滅門，全村人都不知如何是好。騷動還沒有平息，就有許多遠近親戚聽到消息趕來。

有人說：

「孫左衛門生前向我借過錢。」

又有人說：

「孫左衛門生前跟我說好了。」

他們七嘴八舌地主張，搬走家裡的物品。注意到的時候，不僅是財貨家私，連味噌等日用品都被搬得一乾二淨。

身為山口村創村一族，代代繼承孫左衛門之名的富豪之家，一夕之間徹底滅門，香火也斷絕了。雖然不知道是第幾代，但這一代的孫左衛門，成了最後一個孫左衛門。

二一

最後一代孫左衛門，是村中難得有學識的人，據說他會從京都訂購和漢書籍，耽讀其中。不過雖然滿腹經綸，卻也是個出了名的怪人。

有一次，孫左衛門想出了一個親近狐狸來增加財產的方法。

然後他付諸實行。

首先，孫左衛門在家中庭院蓋了座稻荷[21]祠堂。接著他親自前往京都，從伏見稻荷大社請來了正一位[22]稻荷神的神位，請神移駕庭院的祠堂。後來孫左衛門每天一定參拜祠堂，並親手供奉一片油豆腐，虔誠敬拜。

不久後，狐狸真的現身了。

孫左衛門馴養狐狸，而狐狸似乎也漸漸習慣，開始親近孫左衛門。即使孫左衛門靠近，狐狸也不跑，伸手抓牠的脖子也不會反抗。

即使如此……

孫左衛門家還是滅絕了。

這表示不管那狐狸是什麼，都無法破除降臨孫左衛門家的大禍。

「就算豢養什麼狐狸，也沒有半點保佑。虧他那麼努力供奉，一族老小還是全死光了。像我們這裡的藥師如來，什麼都不必供奉，但還是比孫左衛門的稻荷神更有庇佑多了。」

村裡藥師堂的看守人動輒拿孫左衛門當笑柄這麼說。

21　稻荷：掌管五穀的倉稻魂神。祭祀的總本社為伏見稻荷神社。俗信稻荷神的使者是狐狸，故民間有時將稻荷神與狐狸混同在一起。

22　正一位：頒予神社的神位中最高的一級。

一〇〇

船越村的一名漁夫，某天上吉利吉里去辦事，和同伴一起踏上歸途。忙東忙西的，比預定晚了許多，當一行人走到聞名的險峻路段——四十八坡一帶時，時間已經超過半夜了。

漁夫在小溪流經之處碰到一個女人。

似曾相識。

到底是誰呢？漁夫定睛細看，那居然是自己的妻子。

——不。

這不可能，漁夫心想。

三更半夜的，妻子不可能一個人跑來這種地方。她沒有理由過來。即便有理由，憑女人的腳力，上下如此險峻的坡道，不可能還這樣一派輕鬆。不可能是妻子。

絕對是怪物……

漁夫如此斷定。

這麼定下心後，妻子熟悉的臉龐頓時看起來就像個怪物。漁夫立刻掏出切魚刀，從背後刺穿了妻子的身體。

妻子發出哀切至極的慘叫聲倒地，死了。

漁夫認為怪物一死，必定會現出真面目。

然而過了好一會兒，屍體依然是妻子的模樣。

漁夫漸漸怕了起來。難不成自己幹了什麼不可挽回的事？——這會不會真的是妻子？

如果是的話……

漁夫忍不住心慌意亂，把後事丟給同伴，自己先趕回家了。漁夫跑啊跑地，上氣不接下氣地抵達自家，打開家門。

妻子在家……

一臉若無其事。

不，本來就沒事吧。漁夫鬆了一口氣。

妻子看見丈夫非比尋常的模樣，露出訝異的樣子。

「你回來得太晚，我正在擔心……」

她又接著說：

「其實我剛才打起盹來，做了個可怕的夢。在夢裡，因為你這麼晚了都還沒回家，我便到途中去看看，順便接你——結果在山中遭到陌生人威脅，差點沒命。」

在夢裡就快被殺死的時候，我醒了過來，妻子說。

難道……

漁夫心想。這下就說得通了。漁夫再次折返原處。

回到四十八坡的小河，不出所料，朋友們一臉驚愕，腳下倒著一隻狐狸的屍體。據說漁夫殺死的女人，在同伴監視下漸漸現出真面目，最後變成了一隻狐狸。

狐狸就是這樣的吧。在夢中前往荒山野外時，有時會借用狐狸的獸身。

六〇

這也是和野村的嘉兵衛老翁的經歷。

有一天，嘉兵衛老翁躲進雉雞小屋，等待雉雞現身。雉雞小屋是一種極小的圓錐形小屋，僅容一人躲藏。獵人會靜靜地埋伏此處，等待雉雞或山鳥前來啄食果實，再射殺牠們。

但即使好不容易等到雉雞現身，也都被不時跑出來的狐狸嚇跑了。狐狸一再礙事，害得鳥都跑光了。

因為那狐狸太可惡了，嘉兵衛老翁決定先射殺狐狸，便架好槍枝，守株待兔。沒多久，狐狸出現了。這個臭傢伙——嘉兵衛老翁瞄準獵物，然而狐狸卻轉向他，露出裝模作樣的神情，就像沒把他當一回事。

嘉兵衛更是氣得牙癢癢的，心想「等著瞧，看我這就收拾你」，扣下扳機——然而卻沒有著火。

啞火。

太奇怪了。

看著狐狸悠然自得的模樣，嘉兵衛內心漸漸湧出不安。

他決定檢查槍枝。

結果……

令人驚訝的是，槍身從槍口到把手處，竟都塞滿了泥土。身為獵人，獵槍是嘉兵衛生活中不可或缺之物，因此他從來沒有疏於保養。他檢查過無數次，不可能塞了泥土。

到底是誰、什麼時候塞的？

這真的——是狐狸所為嗎？無人知曉。

一〇一

有個旅人在經過豐間根村的時候正好入夜。

注意到的時候，四下整個暗了下來，身體也倦了，因此他打算今晚找戶人家，請他們收留。幸而熟識的人家燈亮著，他便朝著那燈火走去，想要休息。

一敲門，朋友立刻出來應門說：

「啊，你來得正巧。其實今天傍晚家裡有人過世，我得去找人幫忙，但家中無人看守，我沒法出門。又不能丟下屍體離開，我正沒轍呢。可以請你替我看一下屋子嗎？」

然後那人不容分說，拋下旅人去叫人了。

這下麻煩了，但既然都碰上了，也無可奈何。旅人進了屋，坐在地爐旁抽菸休息，替朋友看家。

死去的似乎是個老婦人。

屍體安放在內室裡。

雖然不太想看，但令人好奇。旅人不經意地望過去一看……

躺在地上的屍體竟慢慢地坐了起來。

旅人嚇得魂飛魄散。

但……

他心念一轉，覺得這一定是幻覺，便鎮定心神，再次靜靜地環顧家中。結果他發現廚房流理台底下的排水口有東西冒了出來。

咦？仔細一瞧，似乎是狐狸。

狐狸正把頭伸進洞裡，像是在頻頻窺看屍體。

旅人察覺這是狐狸在惡作劇，便縮起身體，躡手躡腳地離開屋子，繞到後方的便門。探頭一看，果真是隻狐狸。狐狸正踮起後腳，攀在牆上，頭伸進流理台的排水孔。居然幻惑人的視覺，而且還亂動死人，真是個遭天譴的傢伙。

旅人撿起後院地上的棍棒，打死了這隻狐狸。

至於是狐狸施展某種魔力讓屍體活動，或只是讓人看到這樣的幻覺，就不得而知了。

九四

這是住在和野一個叫菊池菊藏的人，有事去柏崎的姊姊家時遇上的事。他應該是去參加某些喜事。

菊藏酒足飯飽，把剩下的年糕收進懷裡，經過愛宕山山腳的林子，往和野的自家走去。結果他在森林裡遇上認識的人。是住在象坪一個叫藤七的大酒鬼。藤七和菊藏是好哥兒們。

兩人在林子裡巧遇的地方，剛好是一塊小草地。

藤七指著那草地笑道：

「怎麼樣？要不要在這裡比一場相撲？」

菊藏也許是心情愉快，答應了他的邀請，兩人在草原上扭打，玩了一會兒。

然而藤七實在很弱。因為可以輕易抬起來，菊藏便盡情將他抱起，隨意扔擲。相撲太好玩了，兩人玩了三場，次次都是菊藏獲勝。

藤七說：

「今天實在打不過你。好了，咱們走吧。」

這天兩人就此道別。

走了四五間路，菊藏赫然驚覺，懷裡的年糕不見了。是掉了嗎？他折回相撲的草地尋找，還是沒有。

菊藏這才想到，看來那個藤七是狐狸變的。但被狐狸捉弄，還被偷了年糕，這麼丟臉的事實在不好跟別人說。太不光彩了。再說，也沒有證據證明真的是被狐狸騙了。因此菊藏隱瞞這件事。

後來過了四五天，菊藏在酒鋪碰到藤七。

菊藏一直沒把相撲的事告訴別人，但看到藤七本人，還是想要確定一下，便問了藤七。

藤七說：

「我怎麼可能跟你玩相撲？那天我去了海邊。」

因此菊藏遭狐狸捉弄一事，已無庸置疑，而且只被藤七一個人知道了。

但菊藏還是把這件事瞞著藤七以外的人。應該是覺得太丟臉了吧。不過去年春節，他不小心自己洩漏了祕密。

大夥一起喝酒，聊到狐狸的時候，他忍不住說了出來：

「其實我也……」

菊藏被大大地嘲笑了一番。

順帶一提，象坪是地名，也是藤七的姓氏。

以前我（柳田）在《石神問答》這本書裡，研究過象坪這個地名。也許是這個緣故，這段故事我聽得興致盎然。

九三

這也是和野的菊池菊藏的遭遇。

菊藏的妻子是從笛吹嶺再過去的栗橋村大字橋野嫁到和野來的。

妻子回娘家的時候，菊藏五六歲的兒子糸藏生病了。

菊藏一個人束手無策，一籌莫展，過了中午左右，便讓兒子睡下，一個人去橋野岳家接妻子。

前往栗橋村的途中，會經過夙負盛名的六角牛山峰。山路上樹木濃密，極為難行。尤其是從遠野下去栗橋的路形成「烏多[23]」，十分險惡。烏多是兩側山壁高聳的地塹，道路左右皆是聳立的懸崖峭壁。陽光都被這絕壁給遮住了。

絕壁愈來愈高，陽光被阻絕，前方開始變得昏暗時……

背後傳來叫聲：

「菊藏！」

因為明明白白叫的是自己的名字，菊藏回過頭去。但後方不見任何人影。

他慢慢抬頭一看……

只見峭拔的高崖之上，有人正俯視著下界。

臉部赭紅，眼睛炯炯發亮。

眼睛發亮，就像去年孩子們在早池峰山遇到的山人一樣嗎？

那異形接著說：

「你的兒子已經死了。」

菊藏聽到這話，不是害怕，而是猛然想到兒子。兒子死了嗎？不會是真的吧？他心如刀割，再一次抬頭仰望時——異形已經消失了。

菊藏急忙趕路，當晚就帶著妻子回到和野，但……

糸藏真的已經斷氣身亡了。

這是四五年前的事了。

23　烏多：原文為「ウド（udo）」，無漢字。

八九

要從山口前往柏崎，可以繞經愛宕山的山腳。這條路就在連接田地的松林旁，來到松林開始變成雜木林的地方時，就可以看到柏崎的村落了。

愛宕山的山頂有一座小祠堂。要前往參拜，必須經過樹林裡的小徑，而登山口建有鳥居[24]，周邊聳立著二三十棵老杉樹，旁邊還有另一座空蕩蕩的祠堂。堂前建有石塔，石上刻著「山神」二字。

這個地方自古便傳說有山神顯靈。

和野有個年輕人出門去柏崎辦事。

他經過愛宕山山腳的樹林，來到參拜口的時候，已是日暮時分。

就在他要行經祠堂前面的時候……

看見有人從愛宕山上下來。

是個身形相當巨大的人。

會是誰呢？年輕人停步，從樹木之間觀察。遠遠地也能看出那人個子極高大。這附近沒有塊頭如此高大的人。年輕人想要確定來人是誰，便盯著那人的臉，從樹下折返回去，來到參拜口。

結果他在剛好轉角的地方，和下山來的男子碰個正著。

年輕人突然從樹下冒出來，似乎把對方嚇了一跳，男子瞪大眼睛俯視年輕人，而年輕人則仰望對方的臉。

那人的臉是鮮紅色的。

紅到一點都不像人。而且眼睛燦爛生輝。

那人因為驚訝地瞪圓了雙眼，因此眼珠子更顯得炯亮。

——是山神。

年輕人察覺，拔腿就跑，頭也不回地逃到柏崎的村落。

遠野鄉立有許多山神的石塔，據說這些塔所在的地點，都是過去有人碰到山神，或是遭到山神作祟的所在。石塔是為了安撫神明而建的。菊池菊藏目擊的異人也是相同的相貌。他遇見的也是山神嗎？

24　鳥居：立於神社參道入口的牌坊，顯示神域。

六一

這也是和野的嘉兵衛老翁的遭遇。

當時嘉兵衛老翁進入六角牛打獵。他追趕獵物，深入山中，遇到了一頭純白色的鹿。

傳說白鹿是神。

如果這鹿是神，萬一傷了牠，肯定會有報應。要是把牠給殺了，一定要大禍臨頭。嘉兵衛煩惱起來。他害怕報應。但自己可是個響叮噹的獵人，要是在這裡罷手，絕對會成為世人的笑柄。他——不想被嘲笑。

嘉兵衛甩開猶豫，狠下心來——開槍了。

他感覺命中了。

然而鹿一動也不動。還是老樣子，佇立在原地。

這時……

嘉兵衛也不安起來。

他掏出為了預防萬一，平素都帶在身上的唯一一顆黃金子彈，並在上頭綁上具有驅魔效果的艾草，認為現下就是那千鈞一髮的危急時刻，擊發出去。

命中了。

然而鹿依舊一動也不動。

——太奇怪了。

這再怎麼說都太離奇了。因為太可疑了，嘉兵衛提心吊膽地靠近。即使嘉兵衛走近，鹿也沒有逃走，一動也不動地待在原地。在近處仔細一看……

原來那是一塊鹿形的岩石。不是雕刻的，而是天然岩石，因此應該說是肖似鹿的岩石吧。

嘉兵衛在山裡生活了幾十載，居然把石頭誤認為鹿，這是難以想像的事。一定是魔障所為。

「唯有這時，我心想這打獵的行當，實在不能再繼續下去了。」

嘉兵衛老翁這麼說。

三二

千晚嶽的山中有沼澤。

沼澤所在的地方是一座山谷，彌漫著極濃烈的腥臭味。

闖入這座山而能歸來的人少之又少。

從前有個獵人叫某某隼人。隼人發現白鹿，追著牠來到這座山谷。隼人為了獵得白鹿，在這座山谷藏身了一千個夜晚，等待鹿現身。傳說千晚嶽這個名字，就是來自於這段軼事。

大概就在第一千天，隼人射到了白鹿。但白鹿沒有死，而是逃走了。

鹿逃到下一座山，折斷了一隻腳。

鹿遁逃的山後來叫作片羽山，就是這個典故。

鹿拖著斷肢，繼續逃到下一座山，死在那裡。

鹿死去的地點，成了「死助」這個地名。這塊土地祭祀的神明「死助權現」，就是這頭白鹿。

隼人的子孫現在依然在世。

九一

遠野鎮上，有個綽號叫鳥御前的人。

他原本是南部男爵家的鷹匠，精通遠野近郊群山。早池峰、六角牛兩山的樹木、岩石、地形等等，從形狀到位置，他無一不瞭若指掌。這個人也是人類學家伊能嘉矩[25]的朋友。

這是他晚年的遭遇。

鳥御前帶著朋友到山裡採菇。朋友是個熟悉水性的高手，能帶著稻草和槌子潛入水中編好草鞋再浮上來，就像變魔術一樣，非常有名。

兩人從分隔遠野市區和猿石川的向山上山，來到綾織村的續石這塊外形古怪的奇岩所在地。

爬到續石稍上方處之後，兩人分頭行動，個別進入山裡。

25 伊能嘉矩（一八六七—一九二五）：人類學家、民俗學家。對台灣原住民研究留下許多成果。並研究故鄉遠野地方的歷史、民俗等，為遠野民俗學之先驅。

鳥御前決定一個人再上山一段路。

當時的時刻，秋季天空的日頭恰好落在距離西山稜線四、五間的位置。

鳥御前也不是刻意想看什麼。

他不經意地一瞥。

看見某塊大岩石後方站著一對紅臉男女。

男女似乎正在談話。

鳥御前覺得遇到了怪東西。紅臉男女發現鳥御前靠近，張手做出推回去的動作。看起來像制止的手勢，是在叫他不要過去嗎？

鳥御前不理會，繼續前進。

結果女人挨向男人的胸膛。

從狀況來看，鳥御前覺得那不可能是真的人。他認為或許是某種妖物變的。鳥御前這個人為人輕佻，想到可以戲弄他們一下，便抽出腰間鋒利的小刀，作勢要砍。

結果紅臉男抬腳，踹了鳥御前。

瞬間，鳥御前整個人變得神智不清，不知道接下來發生了什麼事。

和他一起上山的朋友發現他昏倒在谷底。

朋友發現鳥御前不見，感到疑惑，四處尋找，往谷底一看，整個人嚇壞了。因為鳥御前是個精通山林的人，朋友不相信他怎麼會墜谷？朋友急忙下谷，確定鳥御前還有呼吸，把他攙扶回家。鳥御前身上毫髮無傷，不像是從懸崖摔落的。

鳥御前把事情始末告訴朋友和家人，然後說：

「我從來沒有遇到過這種事。也許我會因此丟了性命。但千萬不要告訴別人。」

他禁止別人把事情說出去。

後來鳥御前就害了病，躺了三天後死了。

鳥御前死得太離奇，家人極為訝異懊惱，最後找了一個叫權光院[26]的山伏[27]請教。結果山伏回答：

「鳥御前因為打擾了山神遊戲，遭到報應而死。」

這是距今十多年前的事。

26　權光院：原文為「ケンコウ院（kenko-in）」，無漢字。

27　山伏：修驗道的行者，在山中修行，也稱修驗者或驗者。

一〇七

上鄉村有一戶人家，家號河緣。
就在早瀨川的岸邊。
這戶人家的年輕女兒某天到河邊撿石頭，碰到一名陌生男子走過來。
男子給了女兒樹葉等東西。
那人身形高大，面部鮮紅，就像塗了朱漆一樣。
據說從那天開始，女兒突然領會了占卜之術。
那異人應該是山神。
而女兒成了山神的孩子。

一〇八

許多地方都有人自稱山神附身而能行占卜之術。
附馬牛村也有這樣的人，那個人的本行是樵夫。
柏崎的孫太郎也是自稱山神附身的人之一。
據說孫太郎從以前就偶爾會發瘋，或喪失神智。意思應該是他會毫無理由地突然失控，或失去自我，茫然若失。
據說他有一次上山，得到山神授予某些法術，從此以後，便不可思議地能讀出人心。
這讀心術出奇神準。
而他的占卜之法，也和世上眾多的占卜師作法截然不同。
孫太郎不看任何書籍，也不使用道具。
只是和前來委託占卜的人閒話家常。
但說到一半，孫太郎會突然站起來，開始在起居間裡走來走去。他一面徘徊，看也不看委託人，只是把浮現心頭的想法說出口，就這樣而已。

而他說的話一定都會成真。

譬如他會說：

「撬開你們家的地板，挖開底下的地面，應該會挖到古鏡或斷掉的刀子。如果不拿出來，近日之內必有人死。要不然就是屋子會燒掉。」

委託人回家後，照著他說的挖掘地板下的土地，果然會找到他所說的東西。這樣的例子，十隻手指頭都數不完。

二九

雞頭山是矗立於早池峰前方的峻嶺。

山腳下的聚落也把這座山稱為前藥師。傳說山上住著天狗。也許是因為如此，即使是想要攻頂早池峰的人，也絕對不會想要爬上這座雞頭山。人們是害怕天狗吧。

山口有一戶家號為羽都[28]的人家，家長是佐佐木祖父的竹馬之友，但他是個極無賴的人。他會拿斧頭割草，用鐮刀挖土，總之就是離經叛道，老是亂來。同時膂力過人，年輕的時候，成天胡作非為。

這羽都家的家長，有一次跟別人打賭要一個人登上前藥師。

羽都家的家長輕易地上山，然後一眨眼就下山了。

雖然他贏了賭注，卻有些不太對勁。再說，不管腳程再怎麼快，這未免也快過頭了。因

28　羽都：原文為「ハネト（haneto）」，無漢字。

此旁人質疑他真的爬到山頂了嗎？羽都家的家長說，他確實爬到山頂了。

家長說，前藥師的山頂上有塊大岩石。

岩石上有三名巨漢圍坐成一圈。

巨漢的前方——圈子的中央擺了許多金銀財寶。

三人發現家長靠近，全都臉色大變地轉過頭來。

他們的眼光極為銳利，而且神情非常駭人。

即便家長是個無賴，也為之喪膽。他支支吾吾地辯解說：

「我是要去早池峰的，但不小心迷路跑到這裡來了。」

結果巨漢說：

「那麼我送你。」

接著領頭開始下山。家長也拚命追趕。然後不知不覺間，一眨眼就來到了山腳附近。這時巨漢說：

「摀住眼睛。」

羽都的家長照著吩咐閉上眼睛，在原地站了一會兒。

但閉上眼睛的那一瞬間，異人似乎就消失不見了。

九〇

松崎村有座山叫天狗森。

村裡有一名年輕人到天狗森山腳附近的桑田工作。

日頭還高掛天頂，年輕人卻不知為何昏昏欲睡起來。

神智開始混沌不清，這樣下去工作也不會有進展。年輕人覺得就算不上床或躺下，坐下來打個盹應該也能清醒一些。

因此他便在田埂坐下，假寐一會兒。

正當他昏昏沉沉就快睡著時，忽然冒出一個面色鮮紅、身形極龐大的男子。陌生男子站到就快睡著的年輕人眼前，從上方俯視。

年輕人因為睡眠被打攪，感到生氣。

他並不是什麼壞脾氣的人，反而為人隨和。不過他平日就喜歡玩相撲，動不動就想找人相撲。

年輕人揉揉睏倦的眼睛仰望，那張紅臉正俯視著自己。

看了就討厭——年輕人想，站起來問：

「你是誰？從哪來的？」

但男子不答話。年輕人更為光火。他憑恃自己力氣大，想要狠狠地把對方推開，便撲了上去，沒想到才剛抓住對方……

反倒是自己被彈開，昏了過去。

一直到了傍晚，年輕人才又轉醒過來。

當然，巨漢已經不見了。浪費了一天的年輕人就這樣回家，把事情告訴家人。

就在這年秋天……

許多村人牽著馬，到早池峰的半山腰去割萩草。正要打道回府的時候，村人發現那個年輕人不見了。因為人突然消失，眾人都很驚訝，認為他是躲起來了，四處尋找，卻遍尋不著。更擴大搜索後，發現年輕人竟死在山谷深處。

屍體的手腳各被扯下一隻。

這是距今二三十年前的事，也有些老人對當時的事還記得很清楚。

天狗森住著許多天狗，這件事從以前就廣為人知。

六二

這也是和野的嘉兵衛老翁的經歷。

有一天，嘉兵衛老翁追捕獵物，竟不小心在山裡待到了入夜。四下已是一片昏黑，來不及搭小屋了。嘉兵衛老翁沒辦法，只好挨在一棵大樹下，用除魔的「三途繩」在自己和樹木周圍繞了三圈。三途繩是埋葬的時候用來綁棺桶的繩索，據說是連結此世與彼岸的繩索。名稱應是來自於彼岸的三途河。

做好除魔儀式後，嘉兵衛老翁抱著獵槍坐下，以便隨時可以開槍，然後他開始假寐。山裡的夜靜靜地深了。

深夜時分……

嘉兵衛聽見聲響，睜開眼睛。

結果看見一名僧人打扮的巨漢，像翅膀一樣拍動著鮮紅的衣裳，朝嘉兵衛靠坐的大樹樹梢覆蓋上來。

嘉兵衛是個知名的神槍手。

看我的——嘉兵衛開槍射擊。

不知道是命中了還是落空了，紅衣大和尚拍動著衣物，往空中飛去了。

事後嘉兵衛表示，說到他當時的恐懼，真是無以名狀，完全是超自然的體驗。

三番兩次在山中碰上不可思議的遭遇，每次嘉兵衛都在內心發誓再也不幹獵人這行了。他甚至一度向祖神發願。

但每次他都回心轉意，結果一直打獵到年老體衰，再也動不了為止。嘉兵衛常向人說，即使上了年紀，還是拋不掉獵人的罪業。

三三

據說在白望山過夜的人，會在深夜時分看見四下一片幽光。秋季有許多人上山採菇，夜宿山中，常會碰到這種現象。

此外，還會聽到山谷另一頭相當遙遠的地方，傳來巨木被砍倒般的聲響，或是有人唱歌的聲音。

這座白望山不知何故，無法測量山的大小。就連熟悉山林的人也會誤判。是一座神祕的山。

五月左右上山砍茅草時，可以看見遠方有座開滿了桐花、美麗絕倫的山。據說那景色美到令人著迷，心想那就是所謂祥雲繚繞的名峰。但不管再怎麼走，就是走不到那座山。甚至連靠近都不行。

從前，有個人一樣進入白望山採菇。

結果在白望山的深處發現金子打成的導水管和長柄勺。

他想要帶回去，但兩樣東西都重得不得了，甚至無法拿起來。

他也試著用鐮刀刮下一點碎片帶回去，但甚至削不動半點。那人沒辦法，想要回去準備工具，帶人手過來，便削掉樹皮，露出白色的部分做記號，然後離開了。

隔天他帶了幾個人再次上山。

但是不管怎麼找都找不到。無論如何搜尋，甚至連做了記號的樹木都不見蹤影。不管往哪裡走，都只是愈來愈深入山林，結果一行人一無所獲，只得下山。

六三

小國村的三浦這戶人家，是村裡首屈一指的有錢人。

但據說直到兩三代以前都還極為窮困，與現在是天壤之別。而且當時這戶人家的妻子是個腦袋有些遲鈍的愚婦。

某一天……

三浦家的妻子出門採款冬。

在遠野一帶，每戶人家都有「門」。

門是「川戶」的簡稱，指的是家門前的河邊汲水洗碗盤的洗滌處。三浦家的妻子就沿著這門前的小河尋找款冬，不斷地往上游走去。

沒看到什麼漂亮的款冬。

妻子為了採集漂亮的款冬，漸漸遠離村莊，闖入了溪谷深處。

忽然定睛一看。

眼前有一座雄偉的黑門，門內一樣是一幢雄偉的大宅。

妻子感到奇怪。雖然覺得怪，但由於她腦袋有些遲鈍，因此也沒起戒心，順著好奇心的驅使進了那門。

穿過大門後，是一片偌大的庭院。庭院開滿了紅白花朵，許多雞隻在此徜徉。妻子好半晌對那景象看得呆了，然後穿過庭院，繞到建築物後面。

屋後有一座大牛棚，擠了好幾頭牛。也有馬廄，養了許多毛皮亮麗、體格精壯的好馬。

但……

不見人影，也沒有人的聲息。

妻子四處察看，最後從玄關進了屋子。

她進入和室，打開紙門查看隔壁房間，那裡擺了一整排看起來很高級的紅漆與黑漆膳台，膳台上放著一樣看起來很高級的木碗。

內廳擺了火缽，鐵瓶裡的水正在沸騰。

然而卻不見人影。妻子看遍屋內，連個影子也不見。

到了這時，妻子總算怕了起來。

這會不會是山人的家？一想到這裡，妻子突然怕了，急忙衝出屋子，逃回家去。妻子把她的遭遇細細講述給家人聽，卻沒人相信她。

後來過了一段時間。

妻子前往自家洗滌場洗東西時，看見有個紅色的東西從上游漂了過來。遠遠地看去就是個漂亮的玩意，妻子便撈起來。仔細一看，是一只美麗的紅漆碗。

是個非常高級的碗。不過好歸好，不能在家裡用。如果把河裡撿到的東西拿到餐桌上，可能會被老公罵髒。但又捨不得丟掉。

這時妻子心生一計。

她決定把碗放進米桶裡，拿來量米。

她覺得這樣就不會有人說話了。

開始用這碗量米以後，不可思議的是，米完全沒有減少。不管再怎麼舀，米都不會見底。家裡的人也不禁起疑，質問妻子。

這時妻子才說出她用河裡撿到的碗舀米的事。

從此以後，三浦家便富裕起來。開始用這碗以後，三浦家接連碰上好事，得到了現在的富貴。

在遠野，把山中不可思議的家稱為迷家[29]。

意思是迷失而誤闖的人家嗎？

迷家不是想去就去得了的。但據說若是能碰到迷家，是莫大的幸運。找到迷家的人，最好把屋中的東西帶回來。至於帶回來的東西，不管是家具還是家畜，什麼都行。據說這麼一來，就能得到幸福。

迷家是異界的家，為了賜予巧遇的人幸運而出現。至於為何能遇見、由什麼來決定、什麼樣的人才能得到幸運，就不得而知了。

迷家就是這樣的東西。

三浦家的妻子沒有貪念，並未從迷家帶走任何東西。村裡的人說，就是因為這樣，碗才會主動漂到她的面前。

---

29 迷家：原文為「マヨイガ（mayoiga）」，無漢字。

六四

金澤村位在白望山的山腳。它在上閉伊郡裡也特別地處深山，往來的人不多。

六七年前，這座村子有名男子入贅到櫪內村一戶姓山崎的人家。

男子回老家的時候，在山中迷路，碰到了迷家。屋舍的模樣及牛馬，還有飼養許多雞隻、盛開著紅白花朵這些細節，在在與三浦家的媳婦看到的如出一轍。

男子也從玄關進了屋內。

有個大房間陳設著膳台和碗，和室有地爐，上面放著鐵瓶，裡面的水滾滾沸騰，看起來就像正準備泡茶的樣子。男子四處查看有沒有人，卻空無一人。他覺得茅房那裡似乎有人的動靜，但結果還是沒遇到人。

男子好半晌只是發呆，但漸漸地怕了起來，離開那戶人家，折回來時的路。

他不曉得在哪裡走了多遠，沒多久來到了小國村。

小國村的人聽到男子的話，只是一笑置之，沒有人當真。

但岳家櫪內山崎家的人斷定說：

「那一定是迷家。」

然後說：

「再去一次那裡，拿回膳台或碗，就可以讓家運好轉，成為富翁。」

他們要女婿領頭，一起進入深山。

一行人在山中徘徊，總算來到類似的地方。

女婿說：

「大門應該就在這裡。」

但那裡什麼都沒有。

放眼望去，空無一物。只是一片山中風景。

山崎家一行人無法可施，只得空著雙手，徒勞地下山回家。也沒聽說那山崎家的女婿後來成為富翁的事。

八六

土淵村的中央，有村公所和小學的地方叫作小字本宿。

本宿這裡有個開豆腐店的男子阿政，現在應是三十六、七歲的年紀。當時阿政的父親患了重病，已經病危。

剛好那個時候……

小烏瀨川外的鄰村下櫪內有人家在蓋房子，正在打地基，需要許多人一起夯實、勻平地面。

傍晚時分，阿政的父親一個人出現在工地。

他熱情地向眾人寒暄，然後說：

「我也要來夯地。」

然後大夥一起工作了一段時間。

天色變得昏暗了些，這天的作業結束，他和其他人一起回去了。

沒有人起疑。

與他道別後，有人想到了。

這麼說來——那個人不是生病了嗎？而且病得很重，不是嗎？

工人都覺得有些奇怪。

他們各自回家後，接到了訃聞。

細問之下，才知道過世的是今天。

工人都驚訝地前往阿政家弔唁。他們致哀，並把這天發生的事告訴阿政，發現病人嚥氣的那個時刻，剛好是開始打地基的時候。

八七

名字已經忘了。

是遠野鎮上的名門世家。

那裡的主人害了重病。家人悉心照料，仍徒勞無功，病人沒有康復，一直在生死關頭徬徨，日漸衰弱。病人即將危篤，接到通知的親朋好友都來到家裡。

就在這時候……

病人忽然出現在菩提寺[30]。

和尚大吃一驚，鄭重迎接、奉茶等等，閒話家常了一會。

但是看到病人起身要回去的樣子，和尚興起了一絲疑惑。

有點蹊蹺。

病得那麼重的人，不可能無人陪伴，一個人來訪寺院。和尚因為擔心，吩咐小和尚跟上

30　菩提寺：家族皈依、並有歷代祖先墓地的寺院，一族皆在此舉辦葬儀、法會等。

去，確實目送他回家。

那人若無其事地走出寺院大門，步伐穩健地往回家的方向走去。小和尚跟在後面，但進入鎮上、拐過第一個轉角後，就跟丟了人。

路上有許多人見到他，也有好幾個人目擊到他在街上行走的樣子。據說他一一向碰到的每個人打招呼，與平日——不，與他健朗的時候毫無二致。

當然，那個人根本沒有外出。他的病重到根本無法下床行走。不，他根本就已經奄奄一息了。

當晚那個人就過世了。

菩提寺的和尚接到通知，納悶不已。

白天來訪的究竟是什麼人？是所謂的「生靈」嗎？還是幻覺？但生靈或幻覺會喝茶嗎……？

和尚為了確定那個人實際上到底喝了茶沒有，檢查他放茶杯的位置，發現茶全部潑灑在榻榻米的縫裡了。

八八

這也是類似的情節。

土淵村大字土淵的常堅寺，是曹洞宗[31]的寺院，也是遠野鄉十二寺的「觸頭」。觸頭是舊幕府時代負責居中與寺社奉行[32]交涉的寺院，可以視為該地方的寺院統領。

某天黃昏，一名村人從本宿過來的途中，遇上一名老人。

村人知道這名老人很久以前就患了重病，因此問他到底是什麼時候康復的？結果老人回答：

「哦，這兩三天覺得舒服些，今天要去寺院聽說法。」

兩人結伴走到寺院大門，在常堅寺前道別了。

一直病重臥床的信徒忽然來訪，常堅寺的和尚也急忙出迎，請他入內，招待茶水。

31 曹洞宗：日本禪宗之一，開山祖師為道元。

32 奉行：江戶時代的官職，負責管理神社、寺院及相關事務。

兩人聊了一會後，老人回去了。

和尚並不覺得哪裡奇怪，但同樣因為擔心老人的身體，命令小和尚尾隨。

但才一走出大門，老人就不見了。就算病好了，老人也不可能用跑的回去。真正就像是煙霧一般，倏忽消失了。

小和尚大驚，詳細報告給和尚。

仔細一看，客人的茶水都潑在榻榻米上了。

老人同樣是在那天過世了。

九七

飯豐有個叫菊池松之丞的人得了傷寒。傷寒是中醫裡急性發熱的疾病。
松之丞好幾次陷入呼吸困難，痛苦萬分。就在他喘不過氣的時候……
人來到田裡，準備前往菩提寺的青笹喜清院。
松之丞覺得很急。得快點去才行，雖然不知道為什麼，但自己沒有時間了……
焦急的心情讓他忍不住腳下使勁。
結果——松之丞竟飄了起來。
每走一步，就像要飛起來似地浮起，一直浮到約人的頭部高度，然後漸漸往前栽似地下降。但只要稍微使勁，身體又像一開始那樣飄起。
那真有說不出的舒暢。
松之丞心情愉悅地前往菩提寺。
來到寺門附近，他看到門前聚集了一大群人。咦，是有什麼活動嗎？松之丞訝異地穿過大門。

結果——寺院境內放眼望去，開滿了紅色的罌粟花。花開遍地，無邊無際。松之丞看著看著，心情益發愉悅了。

那片花海中……

站著父親。

松之丞的父親早就過世了。父親說：

「你也來了嗎？」

松之丞不知道該怎麼回答，但因為覺得舒服，便隨口敷衍了幾句，繼續前進，結果碰到幼時便夭折的兒子。

「爸，你也來了嗎？」

兒子說。

多懷念啊。失去了你，我不曉得有多麼心痛。

「原來你在這種地方。」

松之丞說，想要走近兒子。

兒子卻說：

「你還不可以來。」

這時，大門傳來呼叫松之丞的吵鬧聲。

很吵。我好不容易總算與兒子相聚，還見到父親了，這麼舒服，幹嘛要來妨礙我呢？真是煩死人了。但……

又覺得情非得已。

松之丞的心情頓時變得千斤重，老大不情願地折返，結果……

他忽然恢復神智。

原來他正發著高燒，呼吸不順，失去意識。

親戚們都圍繞在他身邊，在他身上灑水，呼喊他的名字，總算把就要踏入另一個世界的松之丞給喚了回來，讓他活下去。

二二

這是佐佐木的曾祖母過世時的事。

曾祖母並未生病，據說年事已高，應是老衰死亡。

親戚齊聚本家，將遺體納入棺材。這個地方的習俗，並不會所有的人都醒著守靈一整晚。當晚親戚全在大廳一起入睡。

故人的女兒——佐佐木祖父的妹妹因為腦袋有問題，被休了妻，回到娘家來。精神雖然有問題，但也不會莫名其妙鬧事，因此她也在大廳和親戚一起休息。

遠野一帶的風俗，忌諱齋戒期間讓火苗熄滅。因此在喪期結束前，必須顧好爐火。所以佐佐木的祖母和母親一起輪流顧火。兩人整晚不睡，顧好地爐裡的火，以免熄滅。

佐佐木的祖母和母親在大地爐的兩邊面對面坐著，母親把炭籠擱在自己旁邊，偶爾添上木炭，好讓火苗持續不斷。

山村的夜晚十分寂靜。久久才傳出一兩聲炭火迸裂的聲響。

然而這時卻傳來腳步聲。抬頭一看……

後門。

站著死人。

不管怎麼看，那都是過世的老婦人。佐佐木的曾祖母生前佝僂得很厲害，走路的時候和服衣襬都會在地面拖行，因此她會捏起衣襬兩端，摺成三角形縫在前面。

就連這些地方都分毫不差。

身上的條紋和服也有印象。

那就是過世的老婦人沒錯。

死人進到家裡來了。

佐佐木的祖母和母親既不驚訝，也不害怕。不，她們甚至無法驚訝或害怕。她們連驚嚇都來不及，死人就這樣進入家中，經過兩人顧著的爐火旁。

經過的時候，死人的衣襬碰到了小炭籠。

炭籠滾了幾圈。

佐佐木的母親膽識過人，沒有驚惶失措，目光從旋轉的炭籠移開，追趕死人的背影。

死人慢慢地朝親戚睡覺的大廳走去。

啊，這樣下去，她會進去房間。

那是死人啊……

就在母親這麼想的時候……

「奶奶來了！」

刺耳的叫聲響遍整棟屋子。是那個瘋女人叫的。那聲音驚醒了眾人，頓時鬧得雞飛狗跳。

趁著這混亂……

死人不知不覺間不見了。

當然，遺體一直在棺材裡。

這件事讓人聯想到梅特林克[33]的作品《侵入者》。

33　梅特林克（Maurice Polydore Marie Bernard Maeterlinck，一八六二—一九四九）：比利時劇作家、作家，諾貝爾文學獎得主。

二二

這是佐佐木的曾祖母過世第十四日的逮夜——出殯前晚的事。

親朋好友聚集在佐佐木本家，一直誦經到深夜，為故人祈福。因為明天還有得忙，便暫時結束，各自離屋踏上歸途。結果……

門口的石頭坐著一名老婦人。

因為面朝另一邊，看不到臉。但那個背影完全就是過世的老婦人。

許多人都看到了。

因此沒人懷疑。

這些現象是幽靈嗎？如果是，故人究竟是有什麼遺憾，才會像這樣現身呢？終究無人知曉。

九九

土淵村的副村長北川清，家在小字火石。

北川家代代都是山伏，清的祖父自稱正福院。據說這個人也是個學者，留下許多著作，也為村子做了許多事。

清的弟弟福二入贅到海邊的船越村田濱。

但去年的大海嘯讓他一口氣失去了妻兒，房子也被沖走了。福二和倖存的兩個孩子在原地蓋了小屋，在那裡生活了約莫一年。

事情發生在初夏。

據說當時是個月夜。

福二想要上大號，起床離開小屋。因為是臨時小屋，茅廁在很遠的地方，而且必須經過一段很長的海灘，才能走到茅廁。

月光清朗，但海面籠罩著一層霧。腳下也一片模糊，是個如夢似幻的夜晚。

他聽著浪濤聲走著，看見霧中浮現一個朦朧的人影。影子漸漸靠近福二，很快地輪廓變得清晰。

那影子是一對依偎的男女。

福二懷疑自己眼花了。

因為女人怎麼看都是死在大海嘯裡的妻子。

這不可能。

而和妻子在一起的男人，似乎是福二入贅以前妻子的心上人。福二聽說過，那人與妻子同村，兩人情投意合，心心相印，如果福二沒有入贅，兩人也許已經結為連理了。

但那個男子應該也已經死在海嘯裡了。

兩個都是死人。

福二茫然若失，任由兩人走過，這才轉念追趕上去。因為他想——也許妻子還活著。

福二跟蹤兩人，老遠一路走到通往船越的海角。兩人走到海角的洞窟時，福二扯開嗓門呼叫妻子的名字。

他一叫，兩人便停下腳步，回過頭來。

果然是妻子。

妻子看到福二，也不驚訝，說：

「我——現在和他是夫婦。」

這太荒唐了，福二想。

「妳太自私了。妳就不愛自己的孩子嗎？」

聽到這話，妻子稍微變了臉色，然後哭了。

聽得到聲音，看得到人，還能夠對話，完全就是活人，因此福二悲傷極了，並感到窩囊透了。因為太不甘心了，他垂下頭去，盯著自己的腳，結果妻子和男子快步離開了。兩人走上通往小浦的路，繞進山背，很快就不見了。

福二追了一段路，罷休了。

因為他想起來了。

妻子已經死了。

他們兩個不是活人。是死人。那麼自己又能如何？活著的話姑且不論，但他不能連死後的事都要干涉。死者也不可能跟生者一起生活。

自己——是在跟死人說話。

因為看得太清楚，聽得太清晰，所以不覺得是在跟死人說話，如此罷了。

福二千頭萬緒地在路旁站到了天明，早晨以後才回家。

聽說後來福二病了很久。

一〇六

陸中海岸的山田，每年都可以看到海市蜃樓。看到的多半是外國的景色。是陌生的城市情景，路上有馬匹和馬車絡繹不絕，行人也川流不息，令人瞠目結舌。據說那裡看到的建築物外觀每年都一模一樣，毫無二致。

遠野物語remix

C part

序（四）

仔細想想，這類書籍在現代應該不為人所喜。起碼肯定不會風行於世。即便印刷技術日新月異，出版書籍變得容易，寫下這種書，披露自己狹隘的嗜好興趣，不僅如此，還將之出版，強迫他人一讀，也許會有人將之視為一種蠻橫。

確實如此。但是對於這樣的意見，我（柳田）想要這麼回答：

聽到如此奇妙的傳聞故事，並且造訪過如此魅力十足的土地，世上真有哪個人能夠不把這番所見所聞告訴別人嗎？至少在我的朋友裡面，沒有一個人能如此醇厚寡言，謹守沉默。

比方說，若是將這本書當成故事集，應可歸類為《今昔物語集》[1]的系譜。但是相當於九百年前的前輩的《今昔物語集》，在記錄下來的階段，「今」即已經是「昔」——也就是過去的故事了。相對於此，這本《遠野物語》記錄的卻是眼前發生的事、現在的事。

論到對神佛的崇敬，或是對信仰的虔誠，本書應無法凌駕《今昔物語集》。因為《今昔物語集》是佛教說話集，而本書並非那種性質的讀物。

但本書所記錄的故事，全是鮮為人知、並非膾炙人口的稀譚奇聞。在並未講述給眾多人聆聽、也極少被記錄下來這一點上，本書遠遠超越了《今昔物語集》裡收錄的故事。即便是那位淡泊天真的宇治大納言[2]，也值得他超越九百年的時光，前來此地聆聽。

另外……

近年有許多標榜現代御伽百物語[3]，熱中於怪談故事之輩，但他們多半是一些抱負低賤鄙陋之人。在那類場合講述的怪談，完全不能保證並非胡謅捏造的妄誕虛言。若讀者認為本書就類似於那些怪談——滿紙謊言的怪談之類，那麼我竊以為恥。

簡而言之，本書既非《今昔物語集》那類遙遠往昔的故事，也非這年頭盛行的怪談那類虛妄之說。

它們全是現在、在遠野被傳述、而且被視為事實的故事。

1　《今昔物語集》：完成於一一二〇年以後的平安時代，為日本規模最大的故事集，編者不詳，收錄印度、中國及日本的佛教及世俗故事。

2　據傳《今昔物語集》的作者為宇治大納言隆國，或是鳥羽僧正，眾說紛云，未有定論。

3　御伽百物語：御伽是廣義上用以排遣無聊的各種故事。百物語是日本傳統怪談會的形式，一群人輪流講述怪談，據說當說完一百則時，即會有怪異發生。收錄此類怪談的書籍亦有許多，寶永三年（一七〇六）的《御伽百物語》是其一。

即使僅看這一點，我也相信它不折不扣值得存在。

不過告訴我這些的鏡石子，年方二十四五，而我也僅僅長他十歲，仍屬後生晚學。若有人指責生在今日國事如麻、苦難多端的時代，卻不識事務大小輕重，徒然將一己之力浪費在無益之處，我無可反駁。並且，若有人批判縱然遠野的傳說故事再怎麼耐人尋味，卻像明神山的雕鴞那樣豎起耳朵遍地打聽，瞪圓眼睛四處觀察，此種極端之舉教人搖頭，我還是無可反駁。

無論如何，責任都在我身上。畢竟不管再怎麼誇張地宣揚遠野的魅力，也只會惹來森林裡的貓頭鷹訕笑。

不飛不啼似老翁　遠方森林之鴟鵂　想來亦要笑我痴

一一五

在遠野，民間故事稱為「從前從前」。

這許多的從前從前裡，山母[4]的故事占了最多。

山母應該就是其他地區所說的山姥。

這裡謹記下一兩則山姥的民間故事。

4　山母：原文為「ヤマハハ（yamahaha）」。

一一六

從前從前。

某個地方有一對父母。兩人有一個女兒。

一天，兩人必須留下女兒前往城鎮。

「聽好了，不管誰來，都不可以開門。」

兩人牢牢叮囑，鎖上門後，到鎮上去了。

女兒一個人留在家裡，雖然外頭天光正亮，卻感到寂寞、害怕，因此縮著身體，在地爐旁烤火。這時有人敲門大喊：

「開門！」

大白天的，應該不是小偷，但有些奇怪。叫門聲愈來愈激烈，還說：

「不開門，我就把門踹破！」

女兒沒辦法，把門打開了。

進來的是山母。

山母大步走進家裡，叉開腿站在地爐旁的主座烤火，說：

「煮飯給我吃。」

女兒無奈，聽從山母的話準備餐點，遞給山母。然後趁著山母吃飯的時候，偷偷溜出家門逃走了。

山母吃光了飯，發現女兒不見，立刻追了上來。

山母跑得很快，一下子就縮短了和女兒的距離，伸出去的手就要搆到女兒的背了，這時……

女兒在山陰處碰到了砍柴的老翁。

「山母在追我，請讓我躲起來。」

女兒懇求說。老翁答應，女兒便躲進高高堆起的木柴之中。這時山母追了上來，四下張望，發現木柴堆，便說：

「人躲到哪去了？」

然後抱起木柴想要挪開。但也許因為太貪心，一次抱起太多木柴，重心不穩，腳下一滑，就這樣抱著木柴滾下斜坡去了。

女兒便趁機逃走了。

跑了一會，這次遇到在割茅草的老翁。

「山母在追我，請讓我躲起來。」

女兒又懇求，躲進高高堆起的茅草中。這時山母追了上來，看見茅草堆，便說：

「人躲到哪去了？」

然後抱起茅草想要挪開，又一個踉蹌，抱著茅草滾下斜坡去了。

女兒又趁機逃走。

跑了一段路，這次來到一座大沼澤旁。

沒有路了。女兒不得已，只好爬到沼澤岸邊的大樹上，在樹梢縮起身體，這時山母追了上來，說：

「不管妳跑到哪裡，我都不會放過！」

然後在沼澤周圍找了起來。

山母在沼澤的水面看見在樹上發抖的女兒倒影，以為逮到人了，便跳進沼澤裡。

女兒趁機爬下樹，又繼續逃跑。

離開沼澤跑了一段路，看見一間竹子搭成的小屋。

看看小屋裡面，只有一個年輕女人。女兒進了小屋，說了跟剛才一樣的話，懇求女人藏匿她。女人答應，女兒便躲進石棺裡。

這時山母又衝了進來。

然後逼問女兒哪去了。年輕女人隱瞞女兒過來的事，回答說不知道，但山母不信，說：

「不，她一定在。有人的味道。」

女人裝傻說：

「因為我正在烤麻雀吃。」

山母這才接受，說：

「那我要睡一下。」

好巧不巧，這處小屋居然是山母的家。山母說：

「睡石棺好呢，還是睡木棺好？」

她猶豫了一下，說：

「石頭冰涼，睡木棺好了。」

話一說完，便鑽進木棺裡睡了。

女人見山母睡著，便鎖上木棺，把女兒從石棺裡放出來，說：

「其實我也是被山母抓來的。我們一起殺了山母，回村子去吧。」

兩人想出一計，先把錐子烤得火紅，刺穿木棺，開出一個洞。

山母完全沒發現，只問：

「是老鼠嗎？」

兩人接著煮了一大鍋滾水，倒進錐子開的洞裡，把山母燙死了。年輕女人和女兒一起回到村莊，順利返回個別的父母身邊。

在遠野，從前從前的最後一定會以「這下皆大歡喜」來作結。

這下皆大歡喜。

一一七

從前從前。

也是某個地方，住著一對父母和女兒。

女兒即將出嫁，為了準備婚事，父母到鎮上去買東西。為了避免出門時家裡出事，父母牢牢地鎖上了門，嚴厲叮囑女兒不管誰來都不能開門。聽到女兒從屋內回答「好」，兩人便上街去了。

中午時分，山母上門，把女兒吃掉了。

山母剝下女兒的皮披上，假扮成女兒等待父母回來。到了傍晚，父母買完東西回來了。兩人在門口呼喚女兒的名字：

「織子姬子[5]，妳在家嗎？」

5　織子姬子：原文為「オリコヒメコ（orikohimeko）」。名字雖不相同，但本則故事形式極類似民間故事「瓜子姬」。

屋裡傳出回應：

「啊，我在。回來得真早。」

父母放下心來，為了看到女兒開心的表情，把置辦的各種婚儀用品一一拿給她看。

這天晚上，三人就這樣睡了。

隔天早上天剛亮，家裡養的雞就振翅啼叫：

「快看糠舍的角落，咕咕！」

父母疑惑：「咦？這叫聲跟平常不一樣，好古怪。」但比起這件事，為女兒準備婚儀更重要，因此不予理會，兩人替山母假冒的女兒換上嫁衣，讓她上馬。就要牽馬出發時，雞又啼叫了。雞的叫聲聽起來像是在說：

「馬上的不是織子姬子，是山母，咕咕！」

咦？這叫聲更奇怪了。父母豎起耳朵細聽，雞歌唱似地不停地啼叫著一樣的內容。這時父母也總算發現真相，兩人把山母從馬上拖下來殺死了。

然後兩人到糠舍的角落一看，發現散落一地的女兒骨頭。

這下皆大歡喜。

五三

郭公和杜鵑在遠古時候是一對姊妹。

姊姊郭公有一次挖了馬鈴薯烤來吃。

烤好的馬鈴薯，姊姊吃了外面硬的地方，把裡面柔軟的部分給了妹妹。

但妹妹一點都不體諒姊姊的心意，猜忌著：

「姊姊吃的部分一定更好吃。」

想到這裡，妹妹忍無可忍，拿菜刀刺死了姊姊。

死掉的姊姊立刻變成了鳥，啼叫著：

「剛固、剛固[6]。」

然後飛走了。

剛固是這個地方的方言，意思是堅硬的部分。

6 剛固：原文為「ガンコ（ganko）」。

聽到那叫聲，妹妹猛然回神，醒悟到姊姊是自己吃掉硬的地方，把好吃的部分留給了自己。

但為時已晚，姊姊已經被自己殺死了。妹妹犯下不可挽回的罪行，無法承受那種懊悔，不久後也變成了鳥。

然後啼叫：

「拿菜刀刺了，拿菜刀刺了。」

在遠野，杜鵑叫作「菜刀刺」。

而在盛岡一帶，據說杜鵑叫的是：

「飛往何方？」

五一

山中棲息著形形色色的鳥，其中啼聲最為哀戚的，應該就數歐托鳥[7]了。這種鳥會在夏季的夜半啼叫。

從前。

有個富翁的女兒，和別的富翁的兒子交好。

兩人一起上山遊玩，但兒子不見了。

女兒一直找到傍晚、找到入夜，四處尋找，卻怎麼也找不到。

女兒不死心，不斷地找，最後終於變成了鳥。

這種鳥「歐托、歐托」的啼叫聲，就是在呼叫「夫君、夫君」。即使變成了鳥，女兒還是繼續在尋找未來的夫君。啼聲的尾音沙啞，哀切已極。

據說馱運的人從陸中海邊的大槌町越過山嶺而來時，經常聽見遙遠的谷底傳來哀切的啼聲。

7　歐托鳥：原文為「オット鳥（ottotori）」，歐托與日文「丈夫（otto）」同音。

五二

趕馬鳥長得像杜鵑，但要更大一些，羽毛的顏色是帶褐的紅，肩處有著像馬韁繩的條紋，胸口則有嘴套般的花紋。嘴套是用來套馬嘴的藤製套具。

從前……

有個富翁家的長工到山上去牧馬。要回來的時候，發現少了一匹馬。長工花了一整晚尋找，卻遍尋不著，終於變成了這種鳥。

這種鳥的叫聲為「阿霍、阿霍」，是當地人趕馬時的吆喝聲。

趕馬鳥棲息在深山。也只有在深山能聽到牠的啼聲。有些年頭罕見地會有趕馬鳥飛到村落來啼叫，這是飢荒的前兆。

一一八

在其他土地，有「紅皿破皿[8]」的民間故事。情節是壞心眼的繼母和女兒想方設法要虐死美麗的姊姊，卻再三失敗，後來姊姊與貴人成親，繼母和女兒因為做壞事而遭到報應。

遠野也流傳著類似的民間故事。

在遠野，姊姊破皿叫作糠穗。

糠穗應該就是空穗的意思，指的是沒有果實的空心稻米。

遠野的民間故事裡的糠穗遭到繼母厭惡，吃盡苦頭，但受到神明眷顧，最後嫁給了富翁。

這則民間故事有許多美麗的變化情節。

若有機會，我（柳田）想要將它詳細記錄下來。

8 紅皿破皿：日本民間故事，為灰姑娘型故事。繼母把自己醜陋的女兒取名紅皿，將美麗的繼女取名破皿（欠皿），欲殺害繼女，最終失敗，破皿成為貴人之妻。

二七

閉伊川發源於早池峰，流向東北方，從宮古灣出海。它的流域就是下閉伊郡。

遠野的城鎮有一戶人家叫池之端。

這戶人家的上代主人去宮古辦事回來，事情就發生在路上。

他經過閉伊川的下游，叫作原台之淵的地區。

結果出現一名年輕女子，將一封信託給主人說：

「遠野市街後方的物見山，半山腰上有處沼澤。請到那沼澤去拍個手，收信人就會現身。」

請把信交給那個人，女人說。

上代主人答應了，卻總覺得無法釋然。要說詭異，確實萬分詭異。也許是惡作劇，但這種惡作劇有什麼好處？主人無法想像。這件事讓他煩惱得不得了。

池之端的上代主人往遠野走去，一路上猶豫不決。

結果路上遇到一個從反方向走來的六十六部。

六十六部是巡迴日本各地六十六處靈場，供奉法華經的巡禮僧，有時也簡稱六部。

正不知如何是好的池之端上代主人叫住六部，道出來龍去脈，並出示受託的信件。六部毫不猶豫地打開信，看過之後說：

「如果你帶著這封信過去，將要遭逢大禍。」

上代主人臉都嚇白了。六部說：

「那麼，我來替你重書一封。」

接著他取出籤紙，寫下別的內容，交給上代主人。

池之端的上代主人感激地收下那封信，回到遠野。

然後他帶著假信，登上物見山。因為他擔心萬一沒有遵守約定，不曉得會有什麼後果。

上代主人找到沼澤後，照著女人說的拍手。

結果不知道從哪裡冒出了一個年輕女人。

女人收了信，道了謝，給了主人一個極小的石臼。

這石臼真正神奇。

只要放進一粒米，轉動石臼，底下就會掉出金子粒來。

上代主人非常感謝這樣寶貝，每天早上都會恭敬地奉上清水，十分珍惜。因為石臼不可思議的力量，他們家逐漸興旺起來。

然而上代主人的妻子是個貪婪的人，一點財富滿足不了她，有一天她再也忍不住，一次抓了一大把米放進石臼裡。結果沒有人轉，石臼卻自己轉動起來。不僅沒有金子掉出來，石臼還轉個不停，想要阻止也阻止不了。最後石臼撞到主人供奉的水，水潑灑出來，在地面形成小水窪。

石臼轉呀轉地，滑落到那水窪，消失不見了。只留下了水窪。

水窪成了水池，現在也在那戶人家的旁邊。池之端這個家名，便是源自於此。

西方也有類似的故事。

會是巧合嗎？

五四

閉伊川的流域有許多深潭，也有不少駭人聽聞的傳說。

閉伊川與小國川匯流的地點，有個叫川井的村子。由於地處河流會合處，應是「川合」之意[9]。

有天川井村富翁家的長工上山砍樹。

長工不小心一個手滑，弄掉了斧頭。山下剛好是水潭。斧頭落下那水潭，沉入水中。

長工臉都青了。

斧頭是主人的東西，不是一句弄丟了就可以交代的。

長工辛辛苦苦爬下山，跳進水潭尋找斧頭。水潭極深，必須潛入才能搜尋水底。長工從淺灘開始找，但沒有收穫，便漸漸往深處前進，結果聽見了某種聲響。

不是自然的聲響。

9 「川井（kawai）」與「川合（kawai）」在日文中同音。

長工很好奇，往聲音的方向走去。

他尋找聲音的源頭，在岩石後方發現一戶人家。

探頭一看，內室有個美麗的姑娘正在織布。長工聽到的就是織布機的聲音。

這時長工懷疑自己眼花了。他原本對那姑娘看得神魂顛倒，這時卻發現他掉落的斧頭，就立放在姑娘操作的織布機旁邊。

「請把斧頭還給我。」

長工出聲說，姑娘回頭。

看到那張臉——長工啞然失聲。

那是主人富翁家兩三年前過世的女兒。主人的女兒他當然認識。不，他也知道她死了。

應該已經死掉的姑娘說：

「斧頭我會還給你，但是你絕對不能把我在這裡的事情說出去。如果你保密，我會讓你出人頭地，不必再替人做工，作為報答。」

長工恭敬地收下斧頭，回去了。

不知道是不是因為這個緣故，後來長工似乎交上了好運。

每次長工之間小賭——當地叫「胴引」，他也奇妙地經常贏錢。他賭無不勝，不知不覺間存了一筆小錢。

男子以這筆錢當本金，又賺了更多錢，沒多久就辭掉了工作。他買了塊田，變成中等規模的農民，成功地自力更生。

但這個人非常健忘，在水潭見到姑娘的事，也早已忘得一乾二淨。他沒發現自己的成功是得力於姑娘，也忘了姑娘的交代和說好的承諾。

某一天。

男子到城鎮的途中，偶然經過那水潭。

他忽然想起以前的事。

「這麼說來，以前我碰到過這樣的事。」

男子在路上把丟失斧頭的事告訴了同行的人。

都說悠悠之口難杜，這件事一眨眼就傳遍了鄰近村落。

就像消息傳播的速度之快，好運一下子離開了男人。從這個時候開始，男子日漸走楣運，不久後便散盡了家產，又回到從前的富翁家做長工了。

所有的一切都恢復原狀。

據說男子就這樣當個長工，日漸衰老。

而主人富翁聽到男子的傳聞，不知出於什麼心態，去了據說女兒所在的水潭好幾次，也不知是想要做什麼，竟往水潭裡傾倒熱水。他甚至託人，一桶又一桶地往水潭裡倒熱水。至於他為何這麼做，沒人知道。

當然，據說毫無效果。

二

遠野的市街位在早瀨川、猿石川這兩條南北河川匯聚之處。

據說以前叫作七七十里，會舉辦盛大的市集，網羅來自七處溪谷個別深入七十里內陸的各色貨品。會有上千人馬來到遠野的市集，熱鬧非凡。

環繞四方的山中，最高也最美的山是早池峰。從城鎮北方附馬牛村的深處，可以遠眺它的雄姿。東方則聳立著六角牛山。西邊附馬牛村與達曾部村之間的石神山，標高比這兩座山更低。

據說遠古時候有一名女神。

女神有三個女兒。有一次，女神帶著女兒們來到這處高原，於現今的來內村伊豆權現神社所在的地點過了一晚。

當晚……

女神對女兒們說：

「今晚誰做了美夢，我就把好山送給她。」

三名女兒神滿懷期待地入睡了。

結果深夜時分，天上飄下美麗的花朵，停留在睡著的姊姊胸口。應是某種靈驗吧。

這時只有么妹醒了過來，偷看到這景象。

么妹悄悄地從姊姊胸上偷走那花，放到自己的胸口。結果……

么妹得到了早池峰。

兩名姊神各得到了六角牛山和石神山。

圍繞著遠野的三座山，個別住著三名年輕的女神。

換句話說，遠野鄉是諸神環繞的土地。

據說遠野的女人們害怕招來這些女神的嫉妒，現在仍不會去這三座山遊玩。

序（二）

遠野鄉應該還有許多這類故事。

若是認真採集，應該不下數百。

我——不，我們強烈地希望能知道更多的故事。

在這個國家，還有許多比遠野更要幽深的山村。一定有著無數山神和山人的傳說。

我——不，我們認為這些傳說必須保存下來。如果往後這些傳說故事能被記錄下來，那麼這本書便僅僅是陳勝、吳廣——僅是後續類似書籍的先驅罷了。

願廣述其事，令平地人戰慄。

柳田國男

遠野物語 remix

ending

●柳田對於獅子（鹿）舞之歌，沒有任何譯文，因此〔意〕為京極之譯。
●僅此章將原典中柳田的注釋，與京極的補注整理於※。
●歌的部分，表記以角川蘇菲亞文庫版為準。
●撰文時，參考石井徹譯注之《全譯　遠野物語》（無明舍出版）。尤其本稿仰賴該書甚多。謹在此向石井氏表達謝意。

一一九

這些歌並非從佐佐木那裡聽來的，因十分耐人尋味，故附記於書末。

在遠野鄉，自古便有歌舞「獅子舞」。

雖為自古流傳，但歷史也非太久遠。似乎是於中代——說法很模糊，但應是慶長年間左右——自外地引進來的。這些事村人也都很熟悉。

遠野鄉代代流傳著表演獅子舞時伴唱的歌曲。不同的村子，不同的歌手，歌詞和旋律都有細微的差異，而我（柳田）所聽到、採集的歌，如同以下所述。

僅依據百年以上抄錄下來的見聞錄記錄之。

橋ほめ（橋頌）

一　まゐり来て此橋を見申せや、いかなもをざは蹈みそめたやら、わだるがくかいざるもの

〔意〕前來參見這座橋吧。究竟是怎樣的猛者（氣勢旺盛之人＝富人）所踩實的橋？來，過橋吧，脫離苦界（痛苦的無常之世）之人。

※也許應該解讀為「過了此橋，就能脫離苦界」。

一　此御馬場を見申せや、杉原七里大門まで

〔意〕前來參見這座遼闊的馬場吧。杉原綿延七里之遙，直到大門前。

§

門ほめ（門頌）

一　まるり来て此もんを見申せや、ひの木さわらで門立てゝ、是ぞ目出たい白かねの門

〔意〕前來參見這座門吧。這座宏偉的門以檜木和花柏等高級木材打造而成，就像那吉祥的銀造大門。

一　門の戸びらおすひらき見申せや、あらの御せだい

〔意〕推門入內，拜見屋裡吧。是個剛成家的幸福家庭。

§

○

一　まゐり来てこの御本堂を見申せや、いかな大工は建てたやら

〔意〕來參觀這座寺院的本堂吧。它究竟是出自哪位工匠之手？

※雖然標題處標記為○，但應與下一首歌同為「寺院頌」。

一　建てた御人は御手とから、むかしひたのたくみの立てた寺也

〔意〕打造如此壯麗寺院的人，真是大功一件。應是從前被稱為飛驒名工的高手所打造的寺院。

§

小島ぶし（小島調）

一　小島ではひの木さわらで門立てゝ、是ぞ目出たい白金の門

〔意〕小島上用檜木和花柏等高級木材蓋了這樣一座堂皇的大門。就像那吉祥的銀造大門。

※小島指的是何處，不明。

一　白金の門戸びらおすひらき見申せや、あらの御せだい

〔意〕推開銀門，拜見屋裡吧。是個剛成家的幸福家庭。

一　八つ棟ぢくりにひわだぶきの、上におひたるから松

〔意〕這棟大宅是屋頂覆蓋檜木皮的八棟造（許多棟房屋相連而成的建築形式），十分高級，其上遮蔭的唐松[10]也十分魁偉。

※也許原文中的「から松」指的並非「唐松」，而是指高級的松樹。

一　から松のみぎり左に涌くいぢみ、汲めども呑めどもつきひざるもの

〔意〕唐松左右湧出的泉水，不管再怎麼汲取、怎麼飲用，都取之不盡，也從不涸竭。

一　あさ日さすよう日かゞやく大寺也、さくら色のちごは百人

〔意〕這是座朝陽射入、夕陽輝映的大寺院。面色如櫻的童僕，應該也有多達上百個。

一　天からおづるちよ硯水、まつて立たれる

〔意〕這是自天上落下的強烈（也許是「千代」之意[11]）硯水（工匠之間的行話，指酒）。請喝了之後再上路。

§

10　唐松：唐松即日本落葉松，學名「Larix kaempferi」，一種日本特有的植物。

11　原文「ちよ」，可解為「強烈」，也可解為「千代」。

馬屋ほめ（馬廄頌）

一　まゐり来てこの御台所見申せや、め釜を釜に釜は十六
〔意〕請來拜見這間廚房吧。除了雌釜雄釜（夫婦鍋），光是鍋子就多達十六個。

一　十六の釜で御代たく時は、四十八の馬で朝草苅る
〔意〕用十六個鍋子煮飯烹飪時，一早要趕著四十八頭馬去割草（家畜的草秣）。

一　其馬で朝草にききやう小萱を苅りまぜて、花でかゞやく馬屋なり
〔意〕趕著那（四十八頭）馬割回來的晨草，也攙雜了桔梗及小而美的萱草，因此馬廄也被花朵妝點得光彩美麗。

一　かゞやく中のかげ駒は、せたいあがれを足がきする
〔意〕在布滿花朵、光彩美麗的馬廄中，鹿毛駒（茶褐色毛皮的馬）正踩踏四肢，奮勇欲奔，就像要讓這個家更上一層樓（使家運昌盛）。

§

○

一　此庭に歌のぞうじはありと聞く、あしびながらも心はづかし

〔意〕據說這處庭院有個善歌之人。雖然我只是隨口哼唱，但一想到會被高手聽見，仍忍不住害臊。

※歌名為○，不過是「庭頌」之歌。原文的「庭」指的應該不是一般的庭院，而是進行祭典的地方，祭場之意。

一　われわれはきによならひしけふあすぶ、そつ事ごめんなり

〔意〕我們昨天才剛學唱，今天就已經哼著玩了。現學現賣真是抱歉，還請多多包涵。

一　しやうぢ申せや限なし、一礼申して立てや友だつ

〔意〕獻上頌辭（稱賞）實在沒完沒了，一同前來的朋友們，我們就在此行禮告別吧。

§

桝形ほめ（方庭頌）

一　まゐり来てこの桝を見申せや、四方四角桝形の庭也

〔意〕請來拜見這桝形[12]的庭院吧。四四方方而且平坦，是量斗狀的庭院。

一　まゐり来て此宿を見申せや、人のなさげの宿と申

〔意〕請來拜見這旅舍吧。每個人都說這是家人情溫暖的好旅舍。

§

町ほめ（市鎮頌）

一　参り来て此お町を見申せや、竪町十五里横七里、△△出羽にまよおな友たつ

〔意〕請來拜見這市鎮吧。長十五里，寬七里，是一座廣大的小鎮。（部分模糊）朋友們，小心別迷路了。

※原文△△的部分無法判讀。雖然有「出羽」二漢字，仍不解其意（柳田）。確實，若將出羽視為地名，意思就不通了。但若解釋為「出」等意思，△△的部分也許會是相當於「入」的字句。或是「△△出羽」，為顯示寬廣、宏偉之意的詞句。

§

けんだんほめ（檢斷頌）

一　まゐり来てこのけんだん様を見申せや、御町間中にはたを立前
〔意〕請來拜見這位檢斷（大村長）大人。他在市街正中央，高高豎起了旗竿。

一　まいは立町油町
〔意〕說到舞蹈，就數立町和油町最出色。

12 桝形：日本城郭大門內的凵字型石牆空間，開口朝門。如此可避免外敵攻入時長驅直入，亦有助於城內守軍埋伏制敵。

一　けんだん殿は二かい座敷に昼寝すて、銭を枕に金の手遊
〔意〕檢斷（大村長）大人在二樓和室午寢，他以錢幣為枕，手中把玩金子（大小金幣）。
一　参り来てこの御札見申せば、おすがいろぢきあるまじき札
〔意〕若來拜見這護符，這是大師（任職於知名寺院神社，負責為香客嚮導，或分發護符的人。祈禱師的簡稱）上了色，世間罕有（極為珍貴）的護符。
一　高き処は城と申し、ひくき処は城下と申す也
〔意〕高處叫作城，低處叫作城下。

§

橋ほめ（橋頌）

一　まゐり来てこの橋を見申せば、こ金の辻に白金のはし

〔意〕若來拜見這座橋，它就像架設於黃金十字路口上的白銀橋。

§

上ほめ（舞台頌）

一　まゐり来てこの御堂見申せや、四方四面くさび一本

〔意〕請來拜見這座祠堂。四面八方（不用釘子）僅以一根楔子固定，技藝令人驚嘆。

※歌名「上頌」的上，指的是舞台上。也許是指表演獻神樂的舞殿。

一　扇とりすゞ取り、上さ参らばりそうある物

〔意〕手持扇子和鈴鐺，登上神殿舞蹈，一定能獲得神佑。

※原文中的「すゞ」，也許不是鈴鐺，而是數珠之意。「りそう」應是利生（神佑）之意（柳田）。

§

家ほめ（家頌）

一　こりばすらに小金のたる木に、水のせ懸るぐしになみたち

〔意〕香柱（用氣味馨香的木頭打造的柱子）也好，黃金椽木也好，只要放上水（指裝了水的桶子＝天水桶），棟木也會生波（可以防止火災）。

※「こりばすら」部分的文字無法明確判讀，因此也許不是這些字（柳田）。棟指的是棟木，在棟木上（屋頂上）放天水桶的習俗，其他地區也可以見到。這是關於屋子的歌，卻有水、波等字詞，可以很容易地看出防火之意，但「放了水」的棟木「生波」這部分，或許也有別的解讀。

§

浪合

一　此庭に歌の上ずはありと聞く、歌へながらも心はづかし

〔意〕聽說這處庭院有善歌之人。唱歌當然可以，但一想到會被高手聽見，不免令人害臊。

※歌名「浪合」的意思不明。

一　おんげんべりこおらいべり、山と花ござ是の御庭へさらゝすかれ

〔意〕把雲繝緣和高麗緣的大和花草蓆鋪設在這處庭院吧。

※原文的「おんげんべり」是雲繝緣，「こうらいべり」是高麗緣（柳田）。緣指的是榻榻米的鑲邊。雲繝和高麗，都是高級榻榻米的鑲邊樣式。

一　まぎゐの台に玉のさかすきよりするゐて、是の御庭へ直し置く

〔意〕精選寶玉製作的酒盞，置於施以蒔繪[13]的台子上，齊整地擺放在這處祭場吧。

一　十七はちやうすひやけ御手にもぢをすやく廻や御庭かゝやく

〔意〕年方十七的姑娘，手持小酒壺和小酒提，四處斟酒，祭場也因此增色許多。

13　蒔繪：日本傳統漆器工藝。以漆描繪花紋後，撒上金銀粉或貝殼粉等，再加以研磨而成。

一　この御酒一つ引受たもるなら、命長くじめうさかよる

〔意〕只要領受一杯這種酒，就能長命百歲，無病無痛。

一　さかなには鯛もすゞきもござれ共、おどにきこいしからのかるうめ

〔意〕下酒菜有鯛魚和鱸魚；但來自韓國，名聞遐邇的唐梅（蠟梅）美景，更是別致的佳肴。

一　正ぢ申や限なし、一礼申て立や友たつ、京

〔意〕若要獻上頌辭（稱讚的話），實在沒完沒了，所以朋友們，咱們行個禮，就此告別吧。到這裡結束。

※原文的「京」也許是最後的意思。「伊呂波歌[14]」的最後也是「京」字。

§

柱懸り（柱懸）

一　仲だぢ入れよや仲入れろ、仲たづなけれや庭はすんげないゝ

（意）讓中立（獅子舞中，扮演主角的獅子頭）加入吧，讓他加入，沒有中立，這庭院太殺風景（殺風景）[15]。

※「柱懸」這舞蹈，跳的是年輕的公鹿用小樹磨角的樣子（柳田）。

一　すかの子は生れておりれや山めぐる、我等も廻る庭めぐるゝ

（意）小鹿一出生就馳騁山林。我們也要巡繞，巡繞庭院（巡繞祭場）。

※原文「すかの子」是小鹿之意。遠野的獅子舞，獅子頭似乎是鹿（柳田）。

14　伊呂波歌：以四十七個平假名編纂而成的日本傳統假名學習歌。

15　括弧裡是原文中重複歌唱的部分。

一　これの御庭におい柱の立つときは、ちのみがき若くなるものゝ

〔意〕這庭院的香柱，立起時鹿兒磨了角，使其重返年輕（重返年輕）。

※原文「ちのみがき」指的是鹿磨角。至於香柱（匂い柱）則不清楚詳情（柳田）。

一　松島の松をそだてゝ見どすれば、松にからするちたのえせものゝ

〔意〕我想種植松島的松樹，但纏繞在松樹上的藤蔓是拗性子（拗性子）。

※原文「ちた」是藤蔓之意（柳田）。

一　松島の松にからまるちたの葉も、えんが無れやぶろりふぐれるゝ

〔意〕纏繞在松島松樹上的藤蔓葉子，一旦沒了緣，也會鬆脫（鬆脫）。

一　京で九貫のから絵のびよぼ、三よへにさらりたてまはす

〔意〕在京城，是不是都會圍上三、四層重達九貫[16]的屏風呢？

※原文「びよぼ」指的是屏風。「三よへ」應是三四重之意。我（柳田）覺得這首歌最有意思。

§

めずゝぐり（擇雌）

一　仲たち入れろや仲入れろ、仲立なけれや庭すんげなえゝ

〔意〕讓中立進來，進來，沒有中立，這庭院太殺風景（殺風景）。

※歌名「めずすぐり」是「擇雌」，應是鹿擇妻的意思（柳田）。

一　鹿の子は生れおりれや山廻る、我らもめぐる庭を廻るなゝ

〔意〕小鹿一出生就馳騁山林。我們也要巡繞，巡繞庭院啊（巡繞庭院啊）。

一　女鹿たづねていかんとして白山の御山かすみかゝるゝ

〔意〕雖想去尋找雌鹿，但白山遍布雲霞（遍布雲霞）。

16　貫：為重量單位，也是貨幣單位。作者譯取重量之意。一貫為三・七五公斤。

※原文「して」的部分，文字表記為「〆」。意義不明（柳田）。

一　うるすやな風はかすみを吹き払て、今こそ女鹿あけてたちねるゝ

〔意〕啊，真令人欣喜，風吹散了雲霞，可以一同前往拜訪山中的雌鹿了（可以拜訪了）。

※原文「うるすやな」是歡喜的意思（柳田）。

一　何と女鹿はかくれてもひと村すゝきあけてたつねるゝ

〔意〕不管雌鹿如何躲藏，都要翻開成片的芒草找到（找到）。

一　笹のこのはの女鹿子は、何とかくてもおひき出さる

〔意〕躲在竹葉和樹葉裡的雌鹿，不管躲藏得再怎麼巧妙，都會被引誘出來。

一　女鹿大鹿ふりを見ろ、鹿の心みやこなるものゝ

〔意〕雌鹿啊，看看大鹿雄偉的模樣。大鹿心中正遙想著遠方的京城（遙想京城）。

一　奥のみ山の大鹿はことすはじめておどりでき候ゝ
〔意〕深山幽谷的大鹿，今年第一次高躍起來（高躍起來）。
一　女鹿とらてあうがれて心ぢくすくをろ鹿かなゝ
〔意〕這是一頭未能娶得雌鹿，心焦如焚，傾慕嚮往而瘋狂的鹿（瘋狂的鹿）。
※原文「とらて」若解釋為「被奪走」而非「未能奪走」，或許也能解釋為是被別的雄鹿橫刀奪愛。
一　松島の松をそだてゝ見とすれば松にからまるちたのえせもの
〔意〕我想要栽種松島的松樹，但纏繞松樹的藤蔓是拗性子（拗性子）。
一　松島の松にからまるちたの葉も、えんがなけれやぞろりふぐれるゝ
〔意〕纏繞松樹的藤蔓葉子，一旦沒了緣，也會鬆脫（也會鬆脫）。
一　沖のと中の浜す鳥、ゆらりこがれるそろりたつ物ゝ
〔意〕海上正中央無數的鳥兒在浪中悠悠漂浮，緩緩飛起（緩緩飛起）。

※這裡將原文「浜す鳥」解讀為「浜ち鳥」（海邊的千鳥），是根據研究家的推論，認為並非訛音，而是抄本作者無法判讀以草書書寫的「ち」，誤認為「す」，因此誤抄。

§

なげくさ（投草）

一　なげくさを如何御人は御出あつた、出た御人は心ありがたい
〔意〕這投草（賀儀）是哪位惠贈的？心意令人感激。
※歌名原文「なげくさ」即「投草」，賀儀之意。

一　この代を如何な大工は御指しあた、四つ角て宝遊ばしゝ
〔意〕這（放置賀儀的）台子是出自哪位工匠之手？台子四隅堆積著寶物（堆積著寶物）。
※原文「遊ばし」意義不明。因為祭祀的是御白大人，所以才加以敬稱嗎？從這些例子來看，或許也有祭祀之意。

一　この御酒を如何な御酒だと思し召す、おどに聞いしがゝ菊の酒ゝ

〔意〕這（儀式中招待的）酒是什麼酒？是名聞遐邇的加賀菊酒（加賀菊酒）。

一　此銭を如何な銭たと思し召す、伊勢お八まち銭熊野参の遣ひあまりかゝ

〔意〕這（賀儀的）錢是什麼錢？是參拜伊勢神社的初撒錢（香油錢），還是參拜熊野神社的餘錢（餘錢）？

一　此紙を如何な紙と思し召す、はりまだんぜかかしま紙か、おりめにそたひ遊はし

〔意〕這（包裹賀儀的）紙是什麼紙？（以下不明）

※原文「はりまだんぜ」指的也許是播磨檀紙。「かしま紙」有可能是鹿島的紙（柳田）。譯為順著折線恭敬地處置或許較妥當，但考慮到帶有吉祥話的賀詞性質，因為是產自播磨和鹿島的高級紙，此句也能解為「折り目にぞ鯛遊ばし」。

一　あふぎのお所いぢくなり、あふぎの御所三内の宮、內てすめるはかなめなりゝ、おりめにそたかさなる

〔意〕這把扇子是何地製作的？是在三內宮殿製作的。扇子要從中心闔起，是為關鍵（是為關鍵）。（以下不明）

※原文「いぢくなり」是「いづこなる」（何處）之意。「三內」部分的文字無法判讀，不清楚正確文字為何。暫時填入「三內」兩字（柳田）。後半也能解釋為「沿著折線收疊起來」，不過或許並非這個意思。

（完）

謹以此書呈獻給此國諸人

對照今日人權意識，本書原典《遠野物語》（明治四十三年六月十四日發行）所使用之詞句、表現，有些並不恰當。在改寫的時候，已盡可能詳加斟酌，但考慮到原典撰寫當時的社會背景，並且原典之文字也並非出於歧視意圖而使用，站在據實傳遞原文語境的意圖，一些詞句和表現未加修改，予以保留，特此聲明。

附記：原典亦有些部分，後來柳田國男本人改變見解，或後世研究指出有所誤謬。但本書採取以原文為準，完整保留原典文意之方針。此外，原典的記述可能有多種解釋的情況，是依據作者（京極夏彥）的判斷來決定如何詮釋。一併在此聲明。

京極夏彥／角川學藝出版

參考文獻／關聯文獻

《遠野物語》，柳田國男著，聚精堂，一九一〇年
《遠野物語增補版》，柳田國男著，鄉土研究社，一九三五年
《定本柳田國男集·第四卷》，柳田國男著，筑摩書房，一九八一年
《遠野物語》，柳田國男著，大和書房，一九七二年
《遠野物語》，柳田國男著，新潮文庫，一九七三年
《遠野物語·山的人生》，柳田國男著，岩波文庫，一九七六年
《柳田國男全集2　遠野物語等》，柳田國男著，筑摩書房，一九九七年
《新版遠野物語　付·遠野物語拾遺》，柳田國男著，角川蘇菲亞文庫，二〇〇四年

《遠野物語小事典》，野村純一、菊池照雄、澀谷勳、米屋陽一編，ＧＹＯＳＥＩ，一九九二年
《口語譯　遠野物語》，後藤總一郎監修、佐藤誠輔譯，河出書房新社，一九九二年
《注釋　遠野物語》，後藤總一郎監修、遠野常民大學編著，筑摩書房，一九九七年
《柳田國男事典》，野村純一、宮田登、三浦佑之、吉川祐子編，勉誠出版，一九九八年
《遠野物語辭典》，石井正己監修，青木俊明、表賢司、菅沼秀行、多比羅擇編，岩田書院，二〇〇三年
《全譯　遠野物語》石井正己監修、石井徹譯注，無明舍出版，二〇一二年
《通往遠野物語　柳田國男的原風景》，　習研究社，一九七七年
《柳田國男與「遠野物語」》，遠野市立博物館，一九九二年
《遠野／物語考》，赤坂憲雄著，ＪＩＣＣ出版局，一九九四年
《增補版遠野／物語考》，赤坂憲雄著，荒蝦夷，二〇一〇年
《讀解「遠野物語」》，石井正己著，平凡社新書，二〇〇九年
《歡迎來訪「遠野物語」》，石井正己著，三彌井書店，二〇一〇年

《遠野物語的原風景》，內藤正敏，荒蝦夷，二〇一〇年
《諺語・譬喻　遠野地區的村里辭彙第2集》留場築、留場幸子著（自費出版），一九八九年
《「遠野物語」研討會講義紀錄》，遠野物語研究所，一九九九年—二〇〇八年

※　除此書單之外，作者並受到許多相關出版物、研究書籍之啟發。並且，出版後亦受到遠野物語研究所的高柳俊郎等遠野物語相關之各界人士惠賜寶貴的指教。有部分內容根據他們的指教加以修定，特此聲明，並在此致上感謝之意。

柳田國男年表

一八七五年	出生	七月三十一日，出生於飾磨縣神東郡辻川（現在的兵庫縣神崎郡福崎町辻川），是家中的六男。
一八七九年	四歲	進入昌文小學就讀。
一八八四年	九歲	全家搬家至兵庫縣加西郡北條町（現在的加西市北條町）。
一八八五年	十歲	於三木家生活一年，這段期間閱讀宅邸中大量藏書。
一八八七年	十二歲	隨大哥松岡鼎搬家至下總布川（現在的茨城縣利根町）。
一八九一年	十六歲	搬至東京與三哥井上通泰同住，在通泰介紹下結識森鷗外、入歌人松浦辰男門下。
一八九六年	二十一歲	七月，母親去世。 九月，父親去世。
一八九七年	二十二歲	進入東京帝國大學法科大學政治科就讀。

一九〇〇年	二十五歲	七月，自東京帝國大學畢業，進入農商務省農務局工作。
一九〇一年	二十六歲	五月，入籍柳田家成為養子，遷居至牛込加賀町。
一九〇二年	二十七歲	二月，就任法制局參事官
一九〇四年	二十九歲	四月，與柳田家四女孝結婚。
一九〇七年	三十二歲	二月，與小山內薰、島崎藤村、田山花袋、蒲原有明、岩野泡鳴、正宗白鳥、秋田雨雀等人成立易卜生會。
一九〇八年	三十三歲	一月，兼任宮內書記官。這段期間於自宅成立「鄉土研究會」，開始民俗學研究。 十一月，與佐佐木鏡石相識。
一九〇九年	三十四歲	三月，自費出版五十本《後狩詞記》。
一九一〇年	三十五歲	六月，《遠野物語》出版。
一九一三年	三十八歲	三月，與高木敏雄共同創刊《鄉土研究》雜誌。
一九一四年	三十九歲	四月，就任貴族院書記官長。
一九一五年	四十歲	與折口信夫相識。
一九一九年	四十四歲	十二月，辭去宮內書記官之職。

一九二〇年	四十五歲	八月，進入朝日新聞社就職。
一九二一年	四十六歲	移居歐洲就任日內瓦國際聯盟委任統治委員。
一九二三年	四十八歲	辭去國際聯盟委任統治委員之職，回到日本。
一九二四年	四十九歲	四月，於慶應大學擔任文學部講師，以民間傳承為授課內容。
一九二五年	五十歲	創刊《民族》雜誌。
一九二八年	五十三歲	創立方言研究會。
一九三〇年	五十五歲	七月，《蝸牛考》由刀江書院出版。
一九三三年	五十八歲	每週四於自宅舉辦「民間傳承論」研討，自隔年起正式名為「木曜會」。
一九三五年	六十歲	創刊《民間傳承》雜誌。
一九三九年	六十四歲	成立民間學術團體「國民學術協會」。
一九四一年	六十六歲	以對民俗學的建設與普及之貢獻，獲頒第十二屆朝日文化獎。
一九四二年	六十七歲	就任日本文學報國會理事。
一九四六年	七十一歲	三月，任職樞密顧問官。
一九四七年	七十二歲	三月，於自宅書房隔壁設置民俗學研究所。 五月，樞密院因日本國憲法實施而廢止，卸任樞密顧問官。

一九四九年	七十四歲	三月，成為學士院會員。 四月，民間傳承會改名為日本民俗學會，任職第一屆會長。
一九五一年	七十六歲	十一月，獲頒第十屆文化勳章獎。
一九六一年	八十六歲	決定出版《定本柳田國男集》。《海上の道》出版。
一九六二年	八十七歲	八月八日，因心臟衰弱於自宅辭世。死後由當時首相池田勇人追贈旭日大綬章。

幻話集001 **遠野物語remix**

TOONO MONOGATARI REMIX
by KYOGOKU Natsuhiko / YANAGITA Kunio

Originally published in Japan by KADOKAWA CORPORATION, Tokyo.
Chinese (in complex character only) translation rights arranged with RACCOON AGENCY INC., Japan through THE SAKAI AGENCY.

作　　者　柳田國男　京極夏彥
譯　　者　王華懋
封面設計　吳佳璘
校　　對　呂佳真
責任編輯　丁寧

國際版權　吳玲緯　楊靜
行　　銷　闕志勳　吳宇軒　余一霞
業　　務　李再星　陳美燕　李振東
總 編 輯　巫維珍
事業群總經理　謝至平
發 行 人　何飛鵬
出　　版　麥田出版
台北市南港區昆陽街16號4樓
電話：886-2-2500-0888　傳真：886-2-2500-1951
發　　行　英屬蓋曼群島商家庭傳媒股份有限公司城邦分公司
台北市南港區昆陽街16號8樓
客服專線：02-2500-7718；02-2500-7719
24小時傳真專線：02-2500-1990；02-2500-1991
服務時間：週一至週五上午09:30-12:00；下午13:30-17:00
劃撥帳號：19863813　戶名：書虫股份有限公司
讀者服務信箱：service@readingclub.com.tw
城邦網址：http://www.cite.com.tw
香港發行所　城邦（香港）出版集團有限公司
香港九龍土瓜灣土瓜灣道86號順聯工業大廈6樓A室
電話：852-2508-6231　傳真：852-2578-9337
電子信箱：hkcite@biznetvigator.com
馬新發行所　城邦（馬新）出版集團【Cite (M) Sdn. Bhd.】
地址：41-3, Jalan Radin Anum, Bandar Baru Sri Petaling,
57000 Kuala Lumpur, Malaysia.
電話：+6(03) 9056 3833
傳真：+6(03) 9057 6622
讀者服務信箱：services@cite.my
麥田部落格　http://ryefield.pixnet.net
印　　刷　前進彩藝有限公司
初版一刷　2024年4月
售　　價　380元
I S B N　978-626-310-625-3
電 子 書　978-626-310-628-4 (EPUB)

國家圖書館出版品預行編目(CIP)資料

遠野物語remix／柳田國男、京極夏彥著；王華懋譯. -- 初版. -- 臺北市：麥田出版：英屬蓋曼群島商家庭傳媒股份有限公司城邦分公司發行, 2024.04
面；　公分. --（幻話集；001）
譯自：遠野物語remix
ISBN 978-626-310-625-3（平裝）

861.58　　113000101